DER MANN,
DEM EIN OLIVENBÄUMCHEN
AUS DEM OHR WUCHS

Benny Barbasch

DER MANN, DEM EIN OLIVENBÄUMCHEN AUS DEM OHR WUCHS

Aus dem Hebräischen von
Beate Esther von Schwarze

BERLIN VERLAG

MIX
Papier aus verantwortungsvollen Quellen
FSC® C083411
FSC
www.fsc.org

Die Originalausgabe erschien 2009 unter dem Titel
Ha'mapatz ha'katan
bei Hakibbutz Hameuchad / Siman Kriah, Tel Aviv

Vermittelt durch: The Institute for The Translation
of Hebrew Literature
Für die deutsche Ausgabe

Umschlaggestaltung: Nina Rothfos & Patrick Gabler, Hamburg
Typografie: Birgit Thiel, Berlin
Gesetzt aus der Palatino von Greiner & Reichel, Köln
Druck und Bindung: CPI – Clausen & Bosse, Leck
Printed in Germany
ISBN 978-3-8270-0954-8

www.berlinverlag.de

Der Zufall ist das Pseudonym, das der liebe Gott wählt, wenn er anonym bleiben will. Albert Einstein

Ich sagte dir ja, wenn Felsen brechen, kommt es überraschend. Dahlia Ravikovitch

1. Hat alles eine Ursache?

Mein Vater ist dick. Genau genommen war er dick, bis ihm lauter seltsame Dinge geschahen, die so fantastisch erscheinen, dass niemand sie für möglich halten würde. Aber diese Dinge werde ich der Reihe nach erzählen, so, wie sie sich ereignet haben. Vorläufig haben sie sich noch nicht ereignet, und deshalb muss ich damit anfangen, dass mein Vater dick war, denn mit seinem Übergewicht fing eigentlich alles an, noch bevor überhaupt etwas passiert war, wie immer bei plötzlichen Anfängen, vor denen nichts darauf hinweist, was die Ursache des späteren Geschehens sein könnte.

Diese Sache mit den Anfängen, die plötzlich ohne erkenntliche Ursache aus dem Nichts entstehen, ist schwer zu begreifen. Die meisten Menschen, die nach Großvaters Meinung ziemlich dumm sind, halten es für selbstverständlich, dass immer etwas vor oder nach etwas anderem geschieht, dass zum Beispiel der Freitag vor dem Samstag kommt oder dass wir aufs Klo müssen, nachdem wir gegessen haben, oder dass ein Stein, den wir hochwerfen – natürlich mit geringerer Geschwindigkeit als elf Kilometer pro Sekunde, weil er damit die Erdanziehungskraft überwinden würde –, eine gewisse Höhe erreichen und danach sofort herunterfallen wird. Dieser Fall ist unvermeidlich und nicht von meiner Absicht oder von der des Steins abhängig, und wenn der Stein zufällig denken könnte und glaubte, dass er nur fällt, weil er fallen will, so würde er sich zweifellos täuschen, ähnlich wie die Leute, die sich einbilden, sie täten etwas nur, weil sie es wollen, obwohl sie in Wirklichkeit gar keine andere Wahl haben. Auch der Stein fällt herunter, weil er keine Wahl hat, doch wenn er schon herunterfällt, glaubt er lieber, dass er sich aus freien Stücken dafür entschieden hat, denn sonst wäre diese ganze Geschichte mit dem Herunterfallen ziemlich deprimierend.

Natürlich gibt es Beispiele für längere Folgen von Ereignissen, die sich nacheinander abspielen und ursächlich zusammenhängen. Wenn du ein Streichholz anzündest (1) und es zu nahe an den dicken Zopf von Lital hältst, die in der Klasse vor dir sitzt (2), fängt der Zopf an zu brennen (3) und Lital springt ziemlich bald von ihrem Stuhl auf (4) und schreit, dass ihr Kopf brennt (5), worauf sie von allen Seiten mit Getränken übergossen wird, damit der Brand gelöscht wird (6), der Lehrer schickt dich zum Direktor (7), der Direktor bestellt deine Eltern in die Schule (8), die Eltern sind sehr enttäuscht von dir (9) und du lernst daraus, dass man keine Mädchenzöpfe in der Klasse anzünden darf oder wenigstens damit warten sollte, bis die Schule aus ist (10). Nicht dass ich so etwas getan hätte. Das ist nur ein Beispiel für eine Kette von Ereignissen in zehn Phasen, wobei eine die andere verursacht, und das kann so weitergehen bis ins Unendliche. Auch die erste Phase ist nicht unbedingt der Anfang, man könnte mit der Erfindung des Streichholzes beginnen oder mit der Beherrschung des Feuers vor Millionen Jahren.

Doch es kann auch sein, dass etwas auf einmal, ganz plötzlich und ohne jede logische Erklärung beginnt. Und weil das sehr selten ist – abgesehen von meinem Vater gibt es dafür nur ein Beispiel, nämlich den großen Urknall vor etwa vierzehn Milliarden Jahren –, sind die meisten Menschen nicht in der Lage, einen solchen Fall zu begreifen. Sie müssen immer eine Erklärung für alles finden, was sich nicht erklären lässt, und manchmal behaupten sie, es sei ein Wunder geschehen. Ein Wunder ist ganz einfach eine Art Erklärung, die besagt, dass etwas unerklärbar ist, aber in Wirklichkeit gibt es keine Wunder, obwohl viele Leute davon überzeugt sind und sogar glauben, dass ihnen persönlich Wunder geschehen sind. Wie in den folgenden Fällen (fortschreitend von unbedeutenden bis zu schwerwiegenden Ereignissen):

(1) Du siehst auf Kanal 24 einen Clip der Hadag Nahash, gehst auf die Straße und in genau demselben Augenblick fährt ein Auto vorbei, aus dem der Song herausdröhnt, den du eben zu Hause gehört hast – ist das etwa kein Wunder?

(2) Du hast deine Hausaufgaben für Bibelkunde nicht gemacht und die ganze Nacht gebetet, dass die Lehrerin tot umfällt. Am Morgen erfährst du auf dem Schulweg, dass die Lehrerin bei einem Verkehrsunfall umgekommen ist – und schon hast du ein Wunder von der Größenordnung des Chanukka-Wunders.

(3) Du gehst die Ibn-Gvirol-Straße entlang, nicht unter den Arkaden, sondern auf dem äußeren, nicht

überdachten Gehsteig (sollte man lieber nicht tun), und plötzlich fällt von einem Loggiageländer im dritten Stock ein Blumenkasten, dessen Besitzerin nicht viel vom Festschrauben solcher Teile versteht – der Blumenkasten fällt, jede Sekunde steigert sich seine Geschwindigkeit um 9,8 Meter hoch vier, und als er den Kopf des Passanten trifft, der einen halben Meter hinter dir geht, hat er schon eine Geschwindigkeit von sechzig Stundenkilometern. Wenn der Ärmste, in dessen Gehirn die Geranien eingepflanzt wurden, noch denken könnte, würde er sicher nicht auf die Idee kommen, dass ihm ein Wunder geschehen sei, aber dir ist ein großes Wunder geschehen, denn wenn du deinen Tag eine Sekunde später begonnen hättest, wärst du nicht einen halben Meter vor ihm die Straße entlanggegangen und der Blumenkasten hätte deinen Kopf getroffen.

Was man aus den beiden letzten Beispielen lernen kann, ist die interessante Tatsache, dass bei Wundern die Kehrseite der Medaille oft eine Katastrophe ist. Die Rettung des einen geht auf Kosten der Gesundheit des anderen. Es liegt auch auf der Hand, dass Wunder mehr mit Glauben als mit Wissenschaft zu tun haben und weitgehend von der Frage abhängen, auf welcher Seite der Medaille du dich befindest, wenn das Wunder dich trifft.

Den Widerstreit zwischen Wunder- und Wissenschaftsglauben kenne ich aus den Diskussionen zwischen meiner Großmutter mütterlicherseits, die den Holocaust überlebt hat, und meinem Großvater väterlicherseits, der ein Kosmologe von Weltruf ist. Nebenbei habe ich aus seinen Belehrungen gelernt, dass ich mich möglichst vom Schwarzen Loch fernhalten sollte, weil es mich mit solcher Gewalt und Schnelligkeit in sich hineinsaugen würde, dass ich in die Länge gezogen würde wie eine Fadennudel, bis meine Beine sich ein paar Hundert Kilometer von meinem Kopf entfernen und einen Sekundenbruchteil später in dem singulären Punkt wieder mit ihm vereinigen würden, der mehr oder weniger das Zentrum des Schwarzen Lochs bildet, wo ich zu einem so winzigen Häufchen zusammengepresst würde, dass ein Virus im Vergleich zu mir aussähe wie die Türme des Azrieli Center in Tel Aviv.

Als mein Vater, der zu jener Zeit gerade unter einer seiner Diäten litt, zufällig Großvaters Erklärungen über das Schwarze Loch hörte, sagte er, das sei mit Sicherheit die schnellste und wirksamste Schlankheitskur im Weltall, doch Großvater dämpfte seine Begeisterung und erwiderte, dass diese Lösung für sein Gewichtsproblem keinesfalls empfehlenswert sei. Zwar würde sich sein Umfang auf Mikrodimensionen reduzieren, doch sein Gewicht würde sich um Tonnen erhöhen.

Das Traurigste an der Geschichte mit dem Schwarzen Loch ist die Tatsache, dass man selbst mit modernsten Teleskopen und stärksten Scheinwerfern nicht verfolgen kann, in welchem Augenblick du in dem Sog verschwindest, denn das Schwarze Loch saugt nicht nur dich auf, sondern auch dein Erscheinungsbild und sogar die Lichtstrahlen, die dich beleuchten, und diese schreckliche Finsternis ist das, was einem am meisten Angst macht.

Doch kehren wir zum Thema zurück, zu Großmutters Geschichten über die Wunder, die ihr geschehen sind und dank derer sie den Holocaust heil überstanden hat, wenn man, wie mein Vater sagt, von den Schrammen absieht, die sie davongetragen hat. Ob diese Schrammen mit dem Holocaust zusammenhängen, ist allerdings nicht sicher. Gerüchten zufolge gab es in ihrer Familie viele, die schon vor der Machtergreifung der Nazis einen Dachschaden hatten, und es ist möglich, dass dieses Problem mehr mit den Genen als mit äußeren Einflüssen zusammenhängt.

Anfangs, als wir noch klein waren und unsere Mutter eine junge Frau war, erzählte Großmutter nichts, und wir wussten gerade mal, dass sie den Holocaust überlebt hatte, doch vor ein paar Jahren nahm meine Mutter an einem Workshop für die Zweite Generation teil, und die Psychologen, die dort referierten, erklärten den Teilnehmern, ihr Leben sei restlos ruiniert, auch wenn sie es gar nicht merkten, sie seien traurig und deprimiert, auch wenn sie glaubten, froh und glücklich zu sein, denn das Leiden der Eltern sei in ihre Gehirne eingesickert, vor allem in die Gehirne der Kinder, deren Eltern geschwiegen hätten, um den Nachkommen der Zweiten Generation die Schrecken ihrer Vergangenheit zu ersparen. Doch selbst eine Mauer des Schweigens könne sie nicht vor den übermächtigen Schmerzimpulsen schützen. Das sensible Radarsystem des kindlichen Gemütes fange sie auf, so wie die Radargeräte der NASA die Pulsarstrahlung von Sternen registrieren, die man nicht sehen, sondern nur durch ihre elektromagnetischen Impulse orten kann. Daher könne man die alten, immer noch offenen Wunden nur heilen, wenn man die Dinge ausspreche, und die Nachkommen der Zweiten Generation sollten die Überlebenden zum Reden bringen und sie veranlassen, die tief im Innern begrabenen Erlebnisse in Worte zu fassen, denn was ausgesprochen wird, schmerzt immer weniger als das, was nicht ausgesprochen wird. Dieser abschließende Satz stand auf dem Blatt Papier, das Mutter aus dem Workshop mitbrachte. Mir persönlich würde es schwerfallen, diesem Satz zuzustimmen, denn es gibt jede Menge Dinge, die ich lieber für mich behalte und die ich niemals aussprechen werde, selbst wenn mich Torquemada höchstpersönlich foltern würde, um ein Geständnis zu erpressen.

Zum Abschluss des Workshops fand ein interessantes Experiment statt, die Begegnung eines Nachkommen der Zweiten Generation mit seiner Mutter, einer Holocaustüberlebenden, im Beisein aller Teilnehmer. Die Mutter hatte bisher nie etwas erzählt. Erst bei dem Experiment redeten sie zum ersten Mal über ihre Erfahrungen, brachen in Tränen aus und umarmten sich, nachdem die Mutter ihren Sohn während seiner ganzen Kindheit nicht ein einziges Mal berührt hatte, außer wenn sie ihn nach Strich und Faden verprügelte. Dieses Experiment machte einen tiefen Eindruck auf meine Mutter, die als Kind auch nicht selten Schläge von Großmutter bezogen hatte, und sie kam mit der Überzeugung nach Hause, dass sie einen ähnlichen Versuch auch in unserer Familie durchführen müsse. Nur dass bei uns niemand in Tränen ausbrach und sich umarmte. Die Familienmitglieder, die an dem Workshop teilnahmen, hörten auch nicht immer höflich zu, und manchmal kam es sogar vor, dass die Nicht-

Holocaustüberlebenden die Holocaustüberlebende anschrien und umgekehrt.

Es war nicht einfach, Großmutter zur Teilnahme an dem Workshop zu überreden. Meine Mutter fing an, Großmutter zu bearbeiten, und beschwor sie, doch endlich die bösen Geister aus der Flasche zu lassen, wenn schon nicht ihretwegen, dann zumindest um der Enkel willen, weil Großmutter schließlich nicht mehr die Jüngste sei und am Ende alle Erlebnisse mit ins Grab nehmen werde, die dann nicht nur die zweite, sondern auch die dritte und vierte Generation belasten würden. *Deine* Enkel, hielt sie ihr vor, werden ein Leid mit sich herumschleppen, das sie nicht einmal benennen können, weil sie es nicht kennen, und das ist das Allerschlimmste. Großmutter sagte, manchmal sei das Leid, das man kenne, schlimmer als das Leid, das man nicht kenne, und nur, wer dort gewesen sei, könne verstehen, wovon sie rede, und Mutter sagte, genau das meine sie doch, dass sie nicht verstehe, wovon ihre Mutter rede, wenn sie nicht darüber rede. Und als Großmutter immer noch nicht überzeugt war, fing Mutter mit den wichtigen Lehren an, die man aus dem Holocaust ziehen könne, damit so etwas nie wieder geschehe, und Großmutter wurde traurig und fragte, welche Lehren man denn aus dieser Hölle ziehen solle, die etwas Einmaliges gewesen sei, und wenn man eine Lehre daraus ziehen wolle, dann nur die, dass man keine Lehren daraus ziehen könne. So etwas dürfe einfach nie wieder passieren. Doch Mutter beharrte darauf, dass es genau darum gehe: Was ist denn eigentlich geschehen, das nie wieder passieren darf? Und Großmutter sagte, es sei eine ganz andere Zeit gewesen und man könne nicht zwischen damals und heute vergleichen. Damals hatten die Juden keinen Staat, der sie beschützt. Sie waren über alle Welt verstreut, und alle Gojim hassten sie.

»Und was ist heute?«, schrie mein Großvater der Kosmologe die Großmutter an, die den Holocaust überlebt hatte. »Was ist da der Unterschied? Sind wir jetzt beliebter? Nein! Sie hassen uns immer noch, und vielleicht mehr denn je!« Darauf erwiderte Großmutter, dass wir jetzt wenigstens alle zusammen in unserem eigenen Staat lebten und uns verteidigen könnten. Aber Großvater erklärte, dass gerade diese Konzentration auf engstem Raum zu unserem Nachteil sei, wogegen im Holocaust die Zerstreuung der Juden für unsere Feinde kein geringes organisatorisches und technologisches Problem darstellte: Wie treibt man sie aus allen Ecken und Enden Europas zusammen? Und wie überzeugt man sie, in die Duschen zu gehen? Wie erhält man das Vernichtungstempo aufrecht, ohne dass die Todesindustrie zusammenbricht? Wie verbrennt man so viele Menschen, ohne dass die Krematorien verstopfen? Was macht man mit den Aschenbergen? Diese Probleme existieren heute nicht mehr, weil wir alle in einem mittelgroßen Konzentrationslager sitzen, das auf der einen Seite durch den Bau einer riesengroßen Mauer begrenzt wird, die das Land wie ein Messer zerschneidet, und auf der anderen Seite vom Meer. Eine einzige Wasserstoffbombe von Ahmadinedschad würde genügen, um den ganzen Staat in ein gigantisches Krematorium zu verwandeln, mit Temperaturen, wie sie sich die Firma Topf & Söhne, die die Krematorien in Auschwitz gebaut hat, in ihren kühnsten Träumen nicht hätte vorstellen können. Die Brennöfen kamen damals auf höchstens 1500 Grad, die nicht ausreichten, um die großen Beckenknochen zu verbrennen, doch bei der Explosion einer Bombe, die auf das Zentrum von Israel fällt, entstehen Temperaturen bis zu 5000 Grad, und so kann man ohne komplizierte und teure Logistik in drei Sekunden die Arbeit vollenden, die Hitler in drei Jahren nicht geschafft hat.

Diese Schilderung jagte Großmutter einen tüchtigen Schrecken ein, und sie fragte ihn, ob er wirklich glaube, dass so etwas passieren würde, und Großvater sagte, wenn hier nicht ein Regierungschef ans Ruder käme, der Begins Format, Churchills Mut und Bin Ladens Skrupellosigkeit habe und bereit sei, einen Präventivschlag gegen Teheran zu führen, dann werde genau das geschehen, und dann solle ihm bloß niemand vorwerfen, er habe ihn nicht gewarnt.

Jedenfalls ließ sich Großmutter durch seine Erklärungen dazu bewegen, auf ihr Schweigerecht zu verzichten und ihre Pandorabüchse zu öffnen. Wir sollten schon bald bereuen, dass wir sie nicht weiter schweigen ließen, denn sobald sie den Mund aufmachte, sprudelten die Gräuel hervor wie der Old Faithful in Yellowstone, und es war unmöglich, sie zu stoppen. Bei dem berühmten Geysir kann man sich wenigstens darauf vorbereiten, dass er alle einundneunzig Minuten ausbricht und fünf Minuten lang fünfundzwanzigtausend Liter Wasser fünfunddreißig Meter hoch schleudert, doch bei Großmutter gab es keine Gesetzmäßigkeit und man wusste nie, wann der nächste Ausbruch kam.

Einige Abende lang erzählte Großmutter alles, was ihr aus der furchtbaren Zeit im Gedächtnis geblieben war, während Vater sie mit seiner Videokamera filmte, und danach machten wir mit der ganzen Familie eine Reise auf den Spuren der Vergangenheit. Wir fuhren in ihre Heimat, besuchten all die Orte, an denen sie sich versteckt hatte, und der Höhepunkt der Reise war Auschwitz. Zum Abschluss verbrachten wir zwei herrliche Tage im Disneyland, damit die Kinder nicht nur mit belastenden Erinnerungen nach Hause zurückkehrten, wie Vater unserer Mutter erklärte, die dagegen war, weil man ihrer Ansicht nach nicht auf zwei Hochzeiten tanzen kann.

Das große Problem bei unserem Holocaust-Workshop war, dass Großmutter sich an vieles nicht erinnern konnte, weil sie noch ein kleines Kind war, als die Nazis ihre Eltern umbrachten, und weil das Trauma anscheinend einen großen Teil ihrer Erinnerungen ausgelöscht hat. Aber sie konnte sich noch genau an all die sagenhaften Fälle erinnern, in denen sie beinahe entdeckt worden war und nur durch ein Wunder entkam.

Von Jahr zu Jahr spielten die Wunder in Großmutters Geschichten eine immer wichtigere Rolle, und jedes Mal, wenn sie wieder von einem der Wunder schwärmte – denn wäre es nicht passiert, wäret ihr, das heißt ich und meine Schwester und unsere Mutter, nie geboren –, wurde mein Großvater der Kosmologe böse, obwohl es wirklich, aber wirklich nicht nett ist, auf eine Holocaustüberlebende böse zu sein, vor allem, wenn man ihnen die Renten kürzt und die Regierung nur darauf wartet, dass sie endlich sterben.

Doch andererseits kann mein Großvater sich nicht endlos diesen Unsinn anhören, auch wenn er aus dem Mund einer Überlebenden kommt, die man nicht ärgern darf, weil sie an ihrem Zustand nicht schuld ist. Und obwohl meine andere Großmutter, seine Frau, ihm durch Zeichen bedeutete, den Mund zu halten und nicht wieder mit diesem ewigen Streit anzufangen, konnte Großvater sich nicht beherrschen und sagte spöttisch, dass Großmutters Wunder auch eine Kehrseite hätten, nämlich die sechs Millionen, die ermordet wurden, also bitte, da soll sie ihm mal erklären, von welchen Wundern sie redet, wenn eine Million Kinder verbrannt sind? Und dann regte meine Großmutter die Holocaustüberlebende sich wieder auf und fragte ihn, ob er die Frechheit habe, ihr diese Katastrophe in die Schuhe zu schieben, und Großvater sagte, Gott behüte, er gebe ihr nicht die Schuld an dem, was passiert sei, und auch nicht an dem, was nicht passiert sei und vielleicht hätte passieren sollen, doch es gebe keinen Grund, das furchtbare Leid, das einem Teil ihres Volkes von Angehörigen eines anderen Volkes zugefügt worden war, in Ammenmärchen über irgendwelche Wunder umzumünzen, das sei alles. Großmutter war natürlich beleidigt und sagte, er habe gut reden, weil er damals hier gewesen sei, und nur wer dort gewesen sei, könne verstehen, was dort geschehen sei, worauf Großvater erwiderte, dass er Gott sei Dank nicht dort gewesen sei, aber eines wisse er genau, auch wenn er von hier sei: Physikalische Gesetze gelten hier und dort und auf allen Planeten im Kosmos, auch auf dem Planeten der Asche, von dem Ka-Tzetnik im Eichmann-Prozess gesprochen hat – und überall, wo physikalische Gesetze gelten, kann man sich nicht auf Wunder verlassen, sondern nur auf Taten. An diesem Punkt geriet Großmutter in Kampfstimmung und sagte, wenn das wahr sei, solle er ihr bitte mit seinen Gesetzen wenigstens drei Fälle einer wunderbaren Rettung erklären – das eine Mal in der Scheune, als sie sich unter einem Heuhaufen versteckte und die Soldaten in die Haufen hineinfeuerten und eine Sekunde, bevor sie in ihren Haufen schossen, von einem Offizier weggeschickt wurden, das zweite Mal, als sie nicht weit von Przemyśl fast verhungert unter einer Brücke lag und eine Kiste mit Konserven von einem Lastwagen fiel, der über die Brücke fuhr, und das dritte Mal, als sie den Todesmarsch antreten sollte und die Russen in genau diesem Moment zu bombardieren anfingen und die Deutschen auf einen Lastwagen stiegen und flohen. Wenn das keine Wunder waren, was war es dann, sagte sie mit triumphierendem Lächeln, und alle außer Großvater stimmten ihr sofort zu, sahen aber zu Großvater herüber, um ihn zum soundsovielten Male sagen zu hören, Großmutters Geschichten seien keine Wunder, sondern statistisch erfassbare Zufälle, die man wissenschaftlich mit dem »Gesetz der großen Zahlen« erklären könne, denn wenn man von einer großen Zahl von Experimenten ausgehe, steigere sich die Häufigkeit höchst unwahrscheinlicher Ereignisse, und wenn man ein Wunder als äußerst seltene Ausnahmeerscheinung definieren wolle, die beispielsweise in einem von einer Million Fällen auftritt, so geschehe jedem von uns etwa zweimal im Monat ein Wunder. Die Rechnung sei ganz einfach, und an diesem Punkt begann Großvater die

Rechnung zu erklären, die keiner wirklich verstand – dass ein Mensch im Wachzustand ungefähr jede Sekunde einen inneren Vorgang erlebt, was in dreißig Tagen eine Million siebenhunderttausend Vorgänge ausmacht, und wenn man die Träume dazunimmt, steigt die Anzahl der inneren Vorgänge auf über zwei Millionen pro Monat, und bei Zahlen dieser Größenordnung ist die statistische Chance, dass sich einer der inneren Vorgänge mit einem äußeren Ereignis kreuzt und ihr zufälliges Zusammentreffen den Eindruck eines übernatürlichen Geschehens erzeugt, bereits sehr groß. Ein hungriges kleines Mädchen versteckt sich unter einer Brücke und von einem der unzähligen Proviantlastwagen, die darüberfahren, weil es keinen anderen Weg gibt, fällt in eben diesem Augenblick eine Kiste herunter, wie es mit Sicherheit auch vorher gelegentlich passiert ist. Oder eine Mutter träumt, dass ihr Sohn im Libanon gefallen ist, und wacht von einem Klingeln an der Haustür auf, und als sie die Tür aufmacht, steht eine Abordnung der Armee vor ihr, die ihr die Todesnachricht überbringen soll, doch dann stellt sich heraus, dass sie eine Familie in einer anderen Etage sucht. Bei dieser Vielzahl von Fällen ist eigentlich das einzige Wunder, dass nicht mehr Wunder passieren, und Großvater erklärte abschließend, dass man mit ein bisschen Mathematik die Wahrscheinlichkeit solcher Zufälle genau berechnen könne, vorausgesetzt man habe die entsprechende Bildung, was man von der Mehrheit der Weltbevölkerung nicht behaupten könne, und das gelte auch für die Anwesenden, die einen repräsentativen Bevölkerungsquerschnitt darstellten, an dem sich der desolate Stand der exakten Wissenschaften in diesem Land unter der zweifelhaften Führung der erlauchten Bildungsministerin, Prof. Yuli Tamir, ablesen lasse, die natürlich eine Geistes- beziehungsweise Ungeisteswissenschaftlerin sei, worauf Großmutter sofort einwarf, unter der vorigen Ministerin Limor Livnat sei es um das Bildungswesen auch nicht besser bestellt gewesen, und Großvater zugab, dass es auch in seinem politischen Lager einige Dummköpfe gebe, was soll man machen, eine richtige politische Einstellung ist noch keine Gewähr für Intelligenz, und es kommt auch vor, dass Leute nicht aus den richtigen Gründen recht haben, doch er wolle sich nicht auf diese Diskussion einlassen, sondern nur ein für alle Mal die Wundertheorie widerlegen, die das Urteilsvermögen der Israelis kontaminiere, mit all den Wundertätern und Sekten, die wie Pilze aus dem Boden schießen und nicht nur beim einfachen Volk Anklang finden, sondern auch bei führenden Politikern und Unternehmern, die zu ihnen pilgern und sich mit ihnen beraten, als seien sie die Geistesgrößen ihrer Zeit.

Obwohl wir den Vortrag über das »Gesetz der großen Zahlen« tausendmal gehört hatten, traf in unserem Fall das erhoffte Wunder nicht ein, denn wir kapierten auch beim tausendsten Mal Großvaters Erklärung nicht, die uns ebenso unwahrscheinlich erschien wie die andere Möglichkeit, dass wir hoffnungslos dumm waren.

Und so halten es auch die meisten Leute für unwahrscheinlich, dass vor dem großen Urknall nichts existierte und dass in der Sekunde, in der die Explosion stattfand, die man mit der gleichzeitigen Explosion von einer Milliarde Wasserstoffbomben vergleichen könnte, plötzlich alles zu existieren begann – die Dinge, der Raum und sogar die Zeit. Die Dummköpfe, die in der Mehrzahl sind, beharren auf der Frage: »Wenn es einen Urknall gegeben hat, muss doch vor ihm etwas da gewesen sein, oder?« Diese Frage zeugt von der Dummheit der Fragesteller. Das sage nicht ich, sondern mein Großvater der Kosmologe. Und er hat wirklich recht. Ich glaube auch, dass sie dumm sind, denn wenn dir jemand tausendmal erklärt, dass es vor einem bestimmten Ereignis nichts gegeben hat, und du diesen Jemand mit Kuhaugen anguckst und ihm immer wieder sagst, als seiest du weiß Gott wie klug, wenn es etwas gegeben habe, müsse es auch davor etwas gegeben haben, obwohl du die Antwort schon bekommen hast – dann bist du ganz einfach blöd. Auch das sage nicht ich, sondern mein Großvater, aber ich muss ihm wieder recht geben, denn das ist so, als würde man links von einer Null eine Null hinzufügen und glauben, man habe dadurch die Zahl vergrößert oder verkleinert. Manchmal, wenn mein Großvater den Idioten den Mund stopfen und dem Streit ein Ende machen wollte, sagte er, es habe vor dem Urknall einen singulären Punkt gegeben, und dann verstummten alle und lächelten zufrieden, obwohl niemand wusste, was dieser singuläre Punkt sein sollte, doch es war trotzdem beruhigend, dass etwas, das man benennen konnte, vor dem Urknall da gewesen war, auch wenn es nur so groß wie ein Punkt war, der eigentlich keine Größe hat und den man nie im Leben begreifen wird. Ehrlich gesagt habe auch ich die

Sache mit dem singulären Punkt nicht verstanden, aber ich habe Großvater nichts davon gesagt, um ihm nicht die Illusion zu nehmen, dass ich hochbegabt bin und das Zeug zu einem Wissenschaftler habe. Es ist sowieso sehr selten, dass er von einem anderen Menschen eine so gute Meinung hat.

In diesem Sinne kann man sagen, dass die Geschichte mit meinem Vater ein bisschen Ähnlichkeit mit der Geschichte vom Urknall hat. Meine Mutter behauptet, sie sei sogar erstaunlicher als der Urknall. So ist das, wenn man Vaters Fall besser kennt als den Urknall und daraus unsinnige Folgerungen zieht, denn aus dem Urknall ist schließlich der ganze Kosmos entstanden, aus dem Ohr meines Vaters nur ein Olivenbaum. Aber darauf kommen wir später, wenn der Baum zu wachsen beginnt.

2. *Wie definiert man »dick«?*

Nicht alle fanden, dass mein Vater dick sei. Wenn er meine Mutter fragte, ob er dick sei, was etwa zweimal am Tag geschah, musterte sie ihn prüfend und schälte dann ihre Kartoffeln und Gurken weiter oder guckte wieder in das Buch, das sie gerade las, und sagte, ohne ihn anzusehen, dass er sicher nicht dick sei. Vielleicht eher vollschlank.

»Aber warum siehst du mich nicht an, wenn du mit mir sprichst?«, fragte Vater beleidigt, und sie antwortete, erstens müsse sie den Salat zubereiten, weil es sonst niemand mache, zweitens habe sie ihn angesehen, bevor sie wieder weggeguckt habe, drittens kenne sie ihn so gut, dass sie auch, wenn sie ihn nicht ansehe – was natürlich nicht heißen solle, dass sie ihn nicht angesehen habe –, genau wisse, wie er aussehe, schließlich kenne sie ihn nicht erst seit heute und Menschen veränderten sich nicht von einem Tag auf den anderen und nicht einmal von Woche zu Woche, und viertens sei ihr seine Frage mittlerweile so geläufig, weil er sie ungefähr zehnmal am Tag stelle, dass sie nicht jedes Mal von neuem über die Antwort nachdenken müsse.

»Und ich weiß deine Antwort schon auswendig«, sagte Vater enttäuscht, und sie fragte: »Warum fragst du mich dann?«, und er antwortete: »Weil ich hoffe, dass du mich einmal überraschst«, worauf sie sagte, wenn er sie einmal mit einer anderen Frage oder einer Änderung seines Gewichts überraschen würde, werde sie ihn mit ihrer Antwort überraschen. Doch all das hielt ihn, wie ihr euch denken könnt, nicht davon ab, ihr eine Stunde später, nachdem er eine Schüssel Mousse au Chocolat geleert hatte, dieselbe Frage zu stellen und wieder die übliche Antwort zu bekommen.

Die Mutter meines Vaters, das heißt die Frau des Kosmologen, ging nicht einmal so weit, ihn als vollschlank zu bezeichnen. Jedes Mal, wenn wir zu ihnen zu Besuch kamen, servierte sie ihm ein riesiges Stück Sechsschichtentorte, die ihre Spezialität war, und wenn mein Vater, ihr Sohn, sagte: »Mutter, das ist zu viel, ich muss ein bisschen abnehmen«, musterte sie ihn schweigend, als müsse sie etwas überprüfen, und sagte dann: »Unsinn … Du brauchst nicht abzunehmen …«, und dann sah sie meine Mutter, die Frau ihres Sohnes, an und sagte: »Findest du nicht, dass er genau richtig für seine Größe und sein Alter ist?«

Da wir bei Großmutter zu Gast waren, beschränkte meine Mutter sich auf die Bemerkung, dass er ihrer Meinung nach nicht sehr dick sei.

»Was soll das heißen, ›nicht sehr dick‹?«, fragte Großmutter in ihrem strengen Ton (sie war Pädagogin, wie sie es nannte, oder Vorschullehrerin, wie Vater es nannte) und nahm gleich die Antwort auf ihre Frage vorweg: »Entweder ist er dick oder er ist es nicht.«

»Wenn das die beiden einzigen Möglichkeiten sind«, sagte meine Mutter, »dann ist er es nicht.«

»Siehst du«, sagte Großmutter triumphierend zu meinem Vater, »sogar deine Frau findet, dass du nicht dick bist«, worauf meine Mutter einwarf: »Dick ist er sicher nicht, vielleicht eher vollschlank«, und Großmutter betrachtete meinen Vater noch einmal ganz genau, als wolle sie feststellen, wo er vollschlank war, und als ihr das nicht gelang, fragte sie meine Mutter: »Wo ist er voll? Und was heißt überhaupt voll? Voll von guten Taten? Voll von komischen Geschichten?«

»Auch davon«, sagte meine Mutter und fügte nach kurzem Zögern hinzu: »Aber auch von anderen guten Dingen, die er in sich hineinstopft – Schokolade, Eis und Junkfood, und gleich kommt noch deine Torte dazu«, und Großmutter wurde ganz ernst und sagte, wenn er einen leeren Magen habe, dann vermutlich, weil seine Frau ihm nicht genug zu essen gebe, also bitte, jetzt könne er sich den Magen füllen. Dafür habe er schließlich eine Mutter, die kochen und backen könne, und er solle nur immer zu ihr kommen, wenn sein Magen leer sei.

»Wen stört es, wenn er eine Kleinigkeit zu sich nimmt?«, fragte sie und sah alle an, die zufällig im Wohnzimmer saßen. Dann warf sie meiner Mutter einen Blick zu und fragte unvermittelt: »Stört es dich?«

Meine Mutter erschrak ein bisschen über die plötzliche Frage und antwortete sofort: »Wieso denn? Mich stört es gar nicht. Aber vielleicht stört es ihn …«

Wir wandten den Blick von Mutter und Großmutter ab und sahen zu Vater hinüber, der gar nicht zuhörte, aber sein Stück Torte schon fast vertilgt hatte. Und Großmutter, die sich freute, dass er ihre Torte genoss, sagte sofort, man sehe ihm doch an, dass es ihn auch nicht störe.

Einen Augenblick später betrachtete sie Vater noch einmal und sagte, man könne höchstens sagen, dass er vielleicht ein winziges bisschen Übergewicht habe, aber sein Hemd sei auch etwas zu eng und seine Frau müsse dafür sorgen, dass seine Kleider in der Wäsche nicht so einliefen, und sie lauwarm waschen und nicht kochen, wie meine Mutter das zu tun pflege: »Kochend heißes Wasser tötet vielleicht die Bakterien ab, doch es ist der schlimmste Feind von empfindlichen Stoffen«, und an diesem Punkt wandte sie sich an Großvater und fragte: »Und was sagt Professor Kowalewski dazu?« Diese Anrede benutzte sie immer, wenn sie erreichen wollte, dass er ihre Frage ernst nahm.

Im Allgemeinen mischte Großvater sich nicht in Ernährungsfragen ein. Gespräche über Essen und Kalorien waren für ihn eine sträfliche Zeitverschwendung. Dafür durchforschen die Wissenschaftler das All, um in anderen Galaxien Sonnensysteme zu entdecken, in denen Leben wie auf unserem Planeten entstehen kann? Damit die Leute Geld zählen, das sie nicht haben, und Kalorien, die sie im Überfluss haben? Doch diesmal bestand Großmutter darauf, dass er zu dem ewigen Streit zwischen ihr und meiner Mutter Stellung nahm, weil er als Akademiker und emeritierter Professor in der Lage sein müsste, seinem Sohn den Komplex auszutreiben, dass er zu dick sei, der dazu führt, dass er unter allem leidet, sowohl unter dem, was er isst, als auch unter dem, was er nicht isst und essen sollte. Daraufhin betrachtete Großvater meinen Vater, seinen Sohn, und zwar so lange, dass wir schon glaubten, er hätte vergessen, warum er ihn betrachtete. Dann nahm er die Brille ab, putzte sie, setzte sie wieder auf, verkündete, diese Frage müsse wissenschaftlich geprüft werden, und fing sofort damit an.

»Der menschliche Körper«, begann er, »enthält zweihundertsechs Knochen, die bei einem erwachsenen Mann durchschnittlich sechs Kilo wiegen.«

»Auch bei Menschen mit schweren Knochen?«, fragte mein Vater, den das Missverhältnis zwischen dem Gewicht seiner Knochen und seinem Gesamtgewicht offensichtlich beunruhigte.

»Unterbrecht mich nicht«, sagte Großvater, dachte aber einen Augenblick über Vaters Frage nach und erklärte, es handle sich um einen Durchschnittswert, dem man ohne weiteres noch zehn Prozent hinzufügen könne. »Wie dem auch sei«, fuhr er fort und hielt einen Moment inne, »wenn ich mir Ro'i ansehe« – so heißt mein Vater –, »komme ich zu dem Schluss, dass seine Haare nicht dick sind, dass seine Fingernägel und seine Zähne nicht dick sind, dass seine Augen nicht dick sind und dass vermutlich auch sein Herz, seine Lunge und seine Nieren nicht dick sind. Nicht einmal seine Finger sind dick. Seine Arme und Beine sind etwas stämmig, bleiben aber durchaus im Rahmen der Norm. Wenn man all diese schlanken Körperteile gegen den Bauch und die Hüften aufwiegt, die ein bisschen rundlich sind, kann man sagen, dass er alles in allem nicht dick ist.«

Großmutter war sichtlich zufrieden mit dieser wissenschaftlichen Erklärung ihres Mannes, der ein emeritierter Professor ist. Wenn ein Wissenschaftler von Weltruf eine solche Meinung äußert, wie können wir (sie und meine Mutter und alle anderen Ignoranten, die sich ein Urteil über diese Frage anmaßen) ihm dann widersprechen? Meine Mutter schüttelte kaum merklich den Kopf, wie sie es immer tut, wenn sie nicht einverstanden ist, aber keinen Streit anfangen will, und mein Vater, dem es missfiel, dass sein Gewicht zum zentralen Gesprächsthema wurde, begradigte die Torte, bis fast nichts mehr zu begradigen war, und machte ein Gesicht, als ginge ihn das Gespräch nicht das Geringste an.

Doch ehrlich gesagt ist er schon ein bisschen dick. Ein paar Kinder aus meiner Klasse haben ihn schon deswegen ausgelacht. Der ist sicher schwanger, sagten sie, und als er einmal am Schultor auf mich wartete, kam er der russischen Wächterin verdächtig vor, weil es aussah, als hätte er einen Sprengstoffgürtel unter der Jacke, und sie fragte ihn: »Erwarten der Herr ein Kind?«

Er begriff nicht gleich, dass sie ihr Hebräisch sicher im Sprachkurs für Einwanderer gelernt hatte, weil außer mir und Großvater fast niemand mehr so spricht, und antwortete mit seinem strahlenden, gutmütigen Lächeln: »Nein, ich erwarte kein Kind, ich bin immer so dick.« Doch die Wächterin schien seinen Humor nicht zu schätzen und erwiderte sein Lächeln nicht, denn in einem Land, in dem man sich gegenseitig anlächelt, weiß man nie, was sich dahinter verbirgt. Vielleicht will er was von einem oder er ist doch ein Selbstmordattentäter, der einen mit übertriebener Freundlichkeit hinters Licht führen will. Sie befürchtete vor allem, man werde es ihr verübeln, dass Vater sich in die Luft sprengt, während sie Wache schiebt, und das ein paar Minuten vor Ende ihrer Schicht, und ihr vorwerfen, dass sie ihn trotz seines Lächelns, das ihr Misstrauen hätte wecken sollen, nicht vom Eingang entfernt hatte, und daher forderte sie ihn sicherheitshalber auf, zur Seite zu gehen, denn auch so war es zu eng zwischen dem Tor und dem Metallgeländer, das den Bürgersteig von der Straße abgrenzte, und Vater ging zur Seite, ohne mit ihr zu diskutieren, und lächelte sie weiter an, denn auch wenn er sich darüber streiten kann, ob er dick ist oder nicht, steht eines fest: Er ist ein rücksichtsvoller Mensch, der anderen gern einen Gefallen tut.

Wie dieser Vorfall zeigt, wusste mein Vater selbst, dass er zu dick war, und das zeigte sich auch, wenn wir die Treppe hinaufgingen und ich wie ein geölter Blitz nach oben rannte, um den Anfang der Sendung *Eroberung des Weltalls* im Wissenschaftskanal nicht zu verpassen, während Vater keuchend wie eine alte Dampflok auf jeder halben Etage stehen blieb, um nach Luft zu schnappen.

Einmal ertappte ich ihn vor dem Spiegel im Schlafzimmer, als er das Hemd lüftete und seinen gewaltigen Bauch betrachtete, der aussah wie der von Mutter, als sie meine Schwester Noga erwartete, nur dass Mutter keine Haare auf dem Bauch hatte. Dann drehte er sich halb um, besah seinen Wanst im Profil und machte ein ziemlich trauriges Gesicht. Plötzlich merkte er, dass ich ihn beobachtete, zog das Hemd schnell herunter und sagte: »Ganz schöner Bauch, was?« Ich widersprach ihm nicht, und er lächelte mir zu und meinte, jetzt sei Schluss, ab morgen werde er eine Diät machen.

Wenn er gewusst hätte, was diese Diät ihm antun würde, wäre er sicher lieber dick geblieben, aber woher sollte er das wissen? Es war noch nicht geschehen, und als es geschah, war es zu spät.

3. Diäten

Die Diätphase begann mit einer umfassenden Recherche über das Thema, welche Diät sich am besten für den Einstieg in die Diätphase eignet. Vater kaufte einen Haufen Bücher, wie zum Beispiel *Alles essen und abnehmen*, in dem es heißt, dass man alles in unbegrenzten Mengen essen kann, aber nur zwischen zehn und zwölf Uhr vormittags. Den Rest des Tages muss man fasten, auch wenn man das Gefühl hat, vor Hunger zu sterben. Der Autor verpflichtet sich, jedem Leser, der seine Anweisungen befolgt und trotzdem weniger als ein Kilo die Woche abnimmt, den Kaufpreis des Buches voll zu erstatten. Vater sagte, es würde sowieso niemand sein Geld zurückfordern, denn wer diese Anweisungen befolge, werde unter fürchterlichen Qualen sterben, bevor er dazu komme, das Angebot des Autors in Anspruch zu nehmen. Ein anderes Buch hieß *Wie man zunimmt und trotzdem schlank bleibt*. Als Nächstes kam *Wie man ein Kilo pro Woche abnimmt*, das in der neusten Auflage unter einem anderen Titel erschien: *Wie man alle sechs Minuten hundert Gramm abnimmt*. Außerdem las er *Spaß am Abspecken*, *Abnehmen – leicht gemacht*, *Ehemalige Dicke machen Ihnen Mut*, *Die Steakdiät*, *Wenig essen und satt sein*. Alle diese und noch ungefähr zwanzig weitere Bücher haben wir dazu benutzt, die dicken Bretter unseres Lag-baOmer-Feuers anzuzünden, und sie verbrannten schneller als die Kalorien, die Vater mit ihrer Hilfe hätte verbrennen sollen.

Während Vater wochenlang diese Bücher studierte, sagte Mutter, es sei schade um das viele Geld, das er für die Gauner verschwende, die den Dicken Illusionen verkauften, und erinnerte ihn dauernd daran, dass nach der theoretischen Erforschung die Phase der praktischen Anwendung beginnen müsse. Schließlich ließ Vater sich überzeugen, dass er genug gebüffelt habe, und fing mit den Diäten an, die dauernd wechselten, weil ihm alle zwei bis drei Tage ein Freund eine andere Kur empfahl oder er aus der Zeitung, dem Radio oder dem Fernsehen etwas über eine Diät erfahren hatte, die alle anderen bei weitem übertraf – warum sollte er also eine Diät nur deshalb fortsetzen, weil er einmal damit angefangen hatte, wenn man inzwischen etwas Besseres erfunden hatte?

Er fing mit einer Extremdiät an, die nur aus Milch und Äpfeln bestand, was bedeutet, dass man pro Tag bis zu zwanzig Äpfel essen und bis zu fünf Glas Milch trinken darf, dazu Wasser in unbegrenzten Mengen. Aber das Problem war, dass er sich bald selbst wie ein Apfel vorkam, und so ein Gefühl ist nicht übermäßig angenehm. Äpfel sind bekanntlich rund, und er hatte das Gefühl, immer runder zu werden. Er ging zu einer Gurkendiät über, weil Gurken strecken. Man darf bis zu zwanzig Gurken am Tag essen und so viel Wasser trinken, wie man will, aber als Mutter ihm nach kaum vier Tagen Diät wieder einen Teller mit zwei Gurken vorsetzte, sagte er, er komme sich schon wie eine Gurke vor, und vielleicht sei es doch besser, sich wie ein Apfel zu fühlen, weil der wenigstens nach was schmeckt, und die beiden geschälten Gurken, die eine lang und dünn, die andere kurz und dick, erinnerten ihn an Don Quichotte und Sancho Pansa. Er sah die Gurken mit dem mörderischen Blick an, mit dem der Ritter von der traurigen Gestalt die Windmühlen anstarrte, als wolle er sie mit den Augen zermalmen, und Mutter sagte, er solle das Essen, das er sich selbst ausgesucht habe, nicht so angucken, und das auch noch in Gegenwart der Kinder, doch er stierte die Gurken weiter mit diesem vernichtenden Blick an und fragte Mutter, was für einen Blick sie meine, und sie sagte: »Du weißt genau, welchen Blick ich meine«, und Vater sagte, er könne nicht wissen, mit welchem Blick er die Gurken angucke, weil er sich nicht mit den Augen der Gurken sehen könne, womit er eigentlich recht hat. Außerdem hätten sich nicht die Gurken über seinen Blick beklagt, sondern Mutter. »Du hast dich beklagt, also musst du auch erklären, warum.« Mutter sagte, wenn sie das nächste Mal diesen Blick bei ihm sehe, würde sie ihn zum Spiegel schicken, und Vater sagte, in dem Moment, in dem er in den Spiegel gucke, würde er den Blick, den sie meine, nicht mehr sehen, sondern nur den Blick, der diesen Blick im Spiegel suche, und Mutter sagte, sie hätte keine Geduld für seine blöden Haarspaltereien, und fragte: »Also isst du die Gurken jetzt oder nicht?« Und Vater, der schon anfing zu lächeln, weil es ihm Spaß macht, in Diskussionen das letzte Wort zu haben, starrte die Gurken wieder mit dem mörderischen Blick an, von dem Mutter gesprochen hatte, und sagte, sie könne nicht verstehen, was er fühle, wenn er diese armseligen Gurken sehe, und fing an, sie mit der Gabel zu durchbohren, als wolle er sie foltern, und Mutter sagte, das rechtfertige noch lange nicht sein Benehmen, ganz gleich, was er fühle oder nicht fühle, und er fragte: »Was stört dich an meinem Benehmen?«, und sie warf ihm vor, er benehme sich wie eine saure Gurke, und sie sei nicht bereit, seine Launen zu ertragen, nur weil er beschlossen habe, eine Diät zu machen, und er sagte: »Wenn du den ganzen Tag Gurken essen müsstest, wärst du auch nicht mehr nett«, und sie sagte, niemand zwinge ihn, Gurken zu essen, und deshalb entschied er sich noch am selben Tag für eine Kohldiät, bei der man so viel Kohl essen darf, wie man will, und unbegrenzt Wasser trinken kann, und jedes Mal, wenn Mutter ihm einen Teller mit Kohl servierte, wurde er traurig, obwohl Mutter versuchte, den Kohl zu kaschieren, indem sie ihn auf verschiedene Art kochte. Danach ging Vater zu einer Karottendiät über, Wasser unbegrenzt, die von vielen begeistert empfohlen wurde, doch nach einigen Tagen nahm er eine seltsame Farbe zwischen Orange und Dunkelgelb an, die Mutter erschreckte, und sie setzte ihn auf eine Popcorndiät, von der ihr jemand Wunderdinge erzählt hatte, weil das eine Diät ist, die gut schmeckt und doch schlank macht und zu Kinobesuchen passt, und meine Schwester Noga und ich hatten viel Spaß daran, weil wir den ganzen Tag Popcorn aus der Mikrowelle kriegten, aber Vater durfte nichts anderes essen als Popcorn und sah bald ganz aufgebläht aus, mit violetten Schatten unter den Augen, und nahm kein Gramm ab. Er begann eine Blumenkohlkur mit

Varianten: sonntags, dienstags und donnerstags gekochter Blumenkohl und das Kochwasser als Getränk dazu – was für meine Begriffe eine Strafe ist, dann schon lieber gleich aus der Kloschüssel trinken –, montags und mittwochs gedünsteter Blumenkohl, am Freitag gebackener Blumenkohl und am Sabbat eine Orgie aus rohen knackigen Blumenkohlröschen.

Das Problem bei Blumenkohl ist nur, dass sein Geruch überall hängen bleibt, auch wenn er schon im Magen verschwunden ist, und nachdem Vater mit dem Blumenkohl aufgehört hatte und zu einer langweiligen Reisdiät übergegangen war, stank es noch lange Zeit im ganzen Haus nach Blumenkohl, und der Geruch ging auch nicht weg, als die Brokkoli-Spinat-Diät dran war und danach die Auberginendiät, die ihm Verstopfung und geschwollene Hämorrhoiden bescherte, wogegen die Traubendiät zu Durchfall führte, und zum Schluss kam der Gipfel, die ultimative Diät, für die man einen Privatkoch hätte engagieren müssen, denn Mutter gab nach zehn Tagen auf. Sie hatte schließlich noch etwas anderes zu tun, als ihm am Sonntag einhundertfünfzig Gramm Putenfleisch, am Montag Gemüseauflauf, am Dienstag Goldbrasse mit fünf Löffeln Vollreis, am Mittwoch eine große Schüssel Salat mit drei Walnüssen, am Donnerstag zwei Tassen gekochte Linsen, am Freitag zwei Tassen gekochte Kichererbsen und am Sabbat zwei Hackfleischbällchen vorzusetzen, und außerdem durfte er an allen Wochentagen nach sieben Uhr nichts mehr essen.

Vater war inzwischen schon völlig verzweifelt und ging daher zur landesweit besten Spezialistin für »Gesunde Ernährung und kontrolliertes Abnehmen«, die ihn endlos untersuchte, das Weiße in den Augen und das Rosa der Fingernägel prüfte, die Dicke der Haut unter den Fußsohlen vermaß, die Flexibilität der Ohrläppchen testete und schließlich verkündete, für seinen besonderen Fall gebe es nur eine Diät – die Olivendiät.

»Eine Olivendiät?!«, rief Mutter entsetzt, als er mit der aufregenden Neuigkeit nach Hause kam, »für diese simple, dämliche Idee hast du ihr ein halbes Monatsgehalt gezahlt?«

»Sie ist die absolute Spezialistin für ›Gesunde Ernährung und kontrolliertes Abnehmen‹ in diesem Land«, erklärte Vater sehr geduldig, »du hast sie doch selbst empfohlen.«

»Ich habe Wunderdinge über sie gelesen, aber ich sehe, dass sie ein Scharlatan ist wie alle anderen.«

»Warum sollte jemand Wunderdinge über sie schreiben, wenn sie ein Scharlatan ist?«

»Vielleicht ist der Jemand auch ein Scharlatan.«

»Wenn sie ein Scharlatan ist und derjenige, der über sie schreibt, auch ein Scharlatan ist, was sind wir dann, die wir geglaubt haben, was über sie geschrieben wurde, und ihr auch noch Geld bezahlt haben?«

»Wie kommst du darauf, mich und dich in einen Topf zu werfen? Ich lehne ihre Diagnose ab, und wenn du sie akzeptierst, bist du zwar kein Scharlatan, aber ein Dummkopf«, erklärte Mutter, und Vater murmelte vor sich hin, dass sie wie immer alles besser wisse.

»Ich habe nicht gesagt, dass ich alles besser weiß. Ich sage nur, dass eine Olivendiät mir nicht einleuchtet. Aus Oliven macht man Öl, und jedes Kind weiß, dass

Öl dick macht, weil es ein Fett ist und Fette fett machen. Schließlich benutzt man nicht umsonst dasselbe Wort dafür, nur dass es einmal groß und einmal klein geschrieben wird. Ich sage das nur, damit niemand nachher behaupten kann, er habe es nicht gewusst. Sogar Noga weiß, dass alles, was in Öl gebacken wird, dick macht, wie in der Geschichte mit dem kleinen Elefanten, der Balletttänzer werden wollte, aber so gerne Fritten und Krapfen aß und immer dicker wurde. Genau das wird passieren, wenn du dich für diese blödsinnige Diät entscheidest, hab ich recht, Noga?«, wandte sie sich an meine Schwester, und Noga nickte zustimmend.

Vater versuchte ihr zu erklären, dass es gute Fette und schlechte Fette gibt, verhedderte sich aber ein bisschen, da er nicht genau wusste, ob gesättigte Fettsäuren gut sind, weil sie einen sättigen, oder ungesättigte, weil sie einen nicht sättigen, und da er auch ohne diese Diskussion schon nervös war wegen all der Diäten, die ihm Bauchgrimmen machten, und verärgert, weil er dauernd hungrig war, und frustriert wegen der Badezimmerwaage, die nie das richtige Gewicht anzeigte und sich jeden Morgen ohne Rücksicht auf seine übermenschlichen Anstrengungen stur auf 98,5 Kilo einpendelte, fragte er Mutter, ob es ihr lieber wäre, wenn er sich für diese Sendung im Kanal 10 melden würde, in der zwei Gruppen von Dicken einen Schlankheitswettbewerb austragen, wobei alle nur darüber jammern, dass sie nicht so viel abgenommen hätten, wie sie eigentlich sollten, und sich gegenseitig anpöbeln und sich die Haare von den Beinen rasieren und die

Nägel schneiden, bevor sie auf die Waage steigen, um noch ein paar Gramm rauszuschlagen, und Mutter sagte: »Spinnst du? Bei dieser Schrottsendung willst du mitmachen? Nicht mal im Traum! Diese Sendung allein wäre schon ein Scheidungsgrund!«

Schließlich gab sie nach, damit es nicht zur Scheidung kam, und sagte, wenn es unbedingt die Olivendiät sein müsse, dann solle er auf Oliven umstellen, und Vater sagte, er wolle nicht auf Oliven umstellen, er wolle sie nicht mal essen, sondern nur sein überflüssiges Fett loswerden. »Warum soll ich ihr nicht doch eine Chance geben?«, sagte er, »wenn du wüsstest, wie gründlich sie mich untersucht hat«, und Mutter sagte: »Also gut, ich gehe zum Supermarkt und kaufe ein paar Gläser Oliven«, und Vater sagte, sie solle verschiedene Sorten nehmen, damit es nicht langweilig werde, denn sonst werde ihm auch die Olivendiät bald zum Hals heraushängen.

So fing es mit Vater und seiner Olivendiät an, und wir lernten dabei, dass es viele Sorten Oliven gibt: gestoßene Oliven, violette, braune und grüne, syrische, marokkanische und balkanische, mit und ohne Kern, mit Paprika oder Mandeln gefüllt, und das war auch Vaters letzte Diät, denn danach war eines seiner Ohren völlig verstopft und er konnte keine Gerüchte oder Empfehlungen über neue Diäten mehr hören.

4. Alles wegen eines kleinen Olivenkerns

Der fünfte Tag von Vaters Olivendiät war ein Sabbat, und der Sabbat ist der einzige Tag in der Woche, an dem wir alle zusammen frühstücken, und darum ist es so schwer, eine Diät einzuhalten, weil alle Salat und Käsetoast und Omelette und Fruchtjoghurt und Pancakes und drei Sorten Brötchen und alle möglichen Cornflakes essen, während Vater vor seinem armseligen Diätteller sitzt, auf dem drei verschiedene Sorten von Oliven aufgehäuft sind, alle mit Kernen.

Vater schielte die ganze Zeit traurig auf unsere Teller, und man sah ihm an, wie schwer es ihm fiel, sich zu beherrschen, doch er hielt eisern durch und stopfte sich mit Oliven voll, und um sich aufzumuntern, erzählte er etwas so Komisches, dass Mutter Tränen lachte und ihn anflehte, damit aufzuhören, weil sie sich gleich verschlucken würde, doch am Ende verschluckte er sich, bevor sie sich verschluckte, und zwar nicht vor Lachen, sondern wegen eines Olivenkerns, der ihm im Hals stecken blieb, oder, wie einer der Fachärzte sagte, zu dem wir ein paar Tage später gingen, als sie ihm erzählte, der Kern sei ihm im Hals stecken geblieben: »Nicht im Hals, meine Dame, in der Luftröhre. Der Olivenkern ist in der Luftröhre stecken geblieben.«

Anfangs, als er hustete wie verrückt und auf seinen Mund zeigte und sein Gesicht rot anlief, glaubten wir, es sei wieder mal ein Scherz und er wolle uns vormachen, wie Mutter sich verschluckte. Doch als seine Gesichtsfarbe von Rot in ein Auberginenviolett überging und seine Augen aus den Höhlen traten, als würden sie jeden Moment herausspringen wie Sektkorken, wenn man die Flasche zu sehr schüttelt, und er vom Stuhl aufstand und weiterhustete, um etwas loszuwerden, das ihm im Hals stecken geblieben war, begriffen wir, dass es ernst war, und Mutter sprang auf und klopfte ihm mit aller Kraft auf den Rücken und schrie: »Raus damit«, und Vater rang nach Luft und röchelte und wand und drehte sich wie ein Kreisel und warf ein paar Sachen vom Tisch, und als er fast zusammenbrach, schlug Mutter ihm so heftig auf den Rücken, dass ich Angst hatte, er würde in die Millionen Kalorien zerfallen, aus denen er zusammengesetzt war, doch auch dieser Schlag half nichts. »Er wäre um ein Haar erstickt und wir wussten nicht, was wir machen sollten«, erzählte Mutter am nächsten Tag ihrer Freundin Rimon, »aber plötzlich fiel mir der Heimlich-Griff ein, den ich als Rekrutin im Erste-Hilfe-Kurs im Armeecamp 80 gelernt habe, und in diesem Moment habe ich Gott gedankt, dass ich damals im Kurs eingeschlafen bin und der Sanitäter mich geweckt hat und zur Strafe den Heimlich-Griff an mir vorgeführt hat, und zwar so drastisch, dass ich ihn nie vergessen habe, und wer weiß, vielleicht war es eine Vorbereitung auf das, was jetzt passiert ist, als ob die Vorsehung dafür gesorgt hätte, dass ich Ro'i retten konnte.«

Und es hat sich wirklich genau so abgespielt: Mutter stellte sich hinter ihn, umspannte seinen Bauch mit einem Arm, ballte die eine Hand zur Faust und drückte mit der anderen Hand ganz fest dagegen, sodass sein ganzer Bauch hochgeschoben wurde, und plötzlich richtete Vater sich auf, öffnete und schloss den Mund wie ein Fisch auf dem Trockenen, der stumm um Hilfe schreit, damit man ihn wieder ins Wasser wirft, atmete tief ein und zog sich eine Tonne Luft in die Lunge, als Ersatz für den Sauerstoff, den er die ganze Zeit entbehrt hatte, setzte sich, griff nach einer Serviette und wischte sich die Augen und die Nase, die tropften wie ein kaputter Wasserhahn, und Mutter sagte, er habe ihr einen tüchtigen Schrecken eingejagt, und Vater sagte: »Dir? Was meinst du, wie erschrocken ich war!«

»Ich meine ja nicht, dass du nicht erschrocken warst«, sagte Mutter, »ich sage nur, dass ich auch erschrocken war.«

»Du warst erschrocken«, sagte er wegwerfend, »und ich wäre beinahe gestorben!«

Mutter begriff sofort, dass Vater sie wieder einmal in einen Wettbewerb hineinziehen wollte, in dem es darum ging, wer der Ärmste ist und wer es am schwersten hat und wer am meisten leidet, was ein Zeichen dafür war, dass es ihm schon besser ging, und sagte einlenkend, eben deswegen sei sie ja so erschrocken, doch Vater nahm ihren Schrecken immer noch nicht ernst und erklärte, dass ihr Schrecken mit dem seinen gar nicht zu vergleichen sei. Er habe schon vor seinem geistigen Auge sein Leben vorbeiziehen sehen, wie einen Film, in dem er gleich nicht mehr mitspielen werde. »Mir war, als ob ich aus dem Leben scheide, ihr seid immer mehr in die Ferne gerückt, ihr wart schon ganz verschwommen, in ein paar Sekunden hätte ich euch gar nicht mehr gesehen und wäre verreckt wie ein …«

An diesem Punkt unterbrach ihn Mutter, die langsam ärgerlich wurde, und sagte, er mache den Kindern Angst mit seinen Übertreibungen. »So schnell scheidet man nicht aus dem Leben.«

»Ach nein?«, sagte Vater beleidigt, »dann will ich dir mal was sagen: Die Grenze zwischen Leben und Tod ist sehr schmal, manchmal weniger als eine Haaresbreite«, und als Mutter sagte: »Jetzt übertreibst du wieder«, erinnerte er sie an die Zeit, als sie Tag und Nacht am Bett ihres geliebten Vaters saß, um ihn wach rütteln zu können, wenn der Monitor sich der schmalen Grenze zwischen Leben und Tod näherte, und dann gab es einen Moment, in dem ihr die Augen zufielen, und ihr Vater starb.

»Und jetzt willst du mir vorwerfen, dass mein Vater gestorben ist, weil mir die Augen zugefallen sind?«

»Wenn du genau zugehört hättest, würdest du mir nichts in den Mund legen, was ich nicht gesagt habe«, antwortete Vater ungeduldig, weil er merkte, dass nicht mehr von seinem Schrecken, sondern von ihrem Kummer die Rede war, und versuchte, das Gespräch wieder in die richtigen Bahnen zu lenken: »Ich habe bloß gesagt, dass ich schon mit einem Fuß im Grab gestanden habe, das ist alles.«

»Das hast du vorher nicht gesagt. Du sagst das erst jetzt.«

»Es ist doch klar, dass ich das meinte, ich habe es nur anders ausgedrückt.«

»Also gut, du hast mich überzeugt, du hattest schon

einen Fuß im Grab und hast dich schwerelos im Zimmer schweben sehen ... Reicht dir das? Können wir jetzt das Thema wechseln?«

Vater, dem schon klar wurde, dass es sinnlos sei, weiter über seinen Tod zu reden, weil Mutters Stimmung umgeschlagen war, warf nur noch ein, dass sie anscheinend besser als er wisse, was er fühle oder nicht fühle, und Mutter entgegnete, das habe sie nicht gesagt, aber egal: »Wie immer hast du recht, warum diskutiere ich überhaupt mit dir? Wenn du das so empfunden hast, dann war es eben so. Ich hoffe nur, dass du dich jetzt besser fühlst.«

Vater betastete seinen Hals, als suche er dort, was ihn beinahe umgebracht hätte, trank ein ganzes Glas Wasser, ohne abzusetzen, und befühlte wieder seinen Hals, und Mutter fragte, ob jetzt alles in Ordnung sei, und Vater erwiderte, er sei sich nicht sicher: »Von so etwas erholt man sich nicht so schnell, wie du denkst«, und beklagte sich, dass ihm immer noch etwas im Hals sitze, und Mutter fragte, ob er eine Ahnung habe, was das sei, und er warf ihr den vernichtenden Blick zu, den er während der Gurkendiät perfektioniert hatte, und sagte vorwurfsvoll: »Was das ist? Begreifst du das immer noch nicht? Ein Olivenkern ist das, von der verdammten Olivendiät! Das ist es!« An diesem Punkt konnte Mutter sich nicht länger zurückhalten: »Was willst du von mir? Habe ich dir etwa vorgeschlagen, mit dieser komischen Olivendiät anzufangen?«, und Vater betastete besorgt seinen Hals und sagte, er fühle den kleinen Schlingel immer noch, und dann fragte Mutter bestürzt: »Hast du ihn nicht ausgespuckt?«

Wir guckten in alle Richtungen, ob der Olivenkern irgendwo zu sehen sei, und sahen nichts, und Mutter sagte, Vater habe ihn sicher verschluckt, und Vater sagte, Mutter wisse wie immer besser als er, was mit seinem Olivenkern geschehen sei, doch er fühle ihn leider immer noch, nämlich hier, und damit zeigte er auf eine Stelle seines Halses ganz dicht am Ohr. Mutter sagte: »Unsinn, du hast ihn sicher verschluckt, und er kommt heraus, wenn du aufs Klo musst.« Vater bemerkte, jetzt sei sie auch noch Spezialistin für das, was in seinem Körper vor sich gehe, und Mutter fragte mit einer Stimme, die schon etwas besorgter klang: »Ro'i, wenn du ihn nicht ausgespuckt oder verschluckt hast, wo ist er dann?« Vater sagte, er wisse es nicht, aber er fühle ihn, und Mutter sagte: »Hauptsache, du kriegst wieder Luft«, und Vater atmete tief ein, um die Luftzufuhr zu überprüfen, und meinte: »Das schon, aber ich fühle ihn hier«, und berührte wieder seinen Hals nahe am Ohr, und Mutter sagte noch einmal: »Unsinn«, fügte aber gleich hinzu: »Wenn du willst, können wir zur Ersten Hilfe fahren.« Vater dachte einen Moment nach und sagte, das wäre vielleicht übertrieben, weil er sich anscheinend an all die Situationen erinnerte, in denen er zur Ersten Hilfe gefahren war und die Ärzte ihn untersucht und danach höflich erklärt hatten, was Mutter ihm schon vorher zu Hause gesagt hatte, nämlich dass er sich alles nur einbildete. Vater trank noch ein wenig Wasser, betastete wieder seinen Hals und sagte: »Ich fühle den Schlingel, hier, willst du mal fühlen?«, und Mutter setzte ihren Finger an wie einen Minensucher in Kleinformat und sagte nach langwierigem Herumtasten und vorsichtigem Drücken unter Vaters Anleitung – »ein bisschen rechts, nein, nicht so viel, mehr links und nach oben, noch weiter oben, und jetzt nach unten und rechts, aber nur ganz wenig, warum gleich so viel« –, es tue ihr schrecklich leid, doch ehrlich gesagt fühle sie gar nichts.

»Dass du nichts fühlst, heißt noch nicht, dass da nichts ist«, sagte Vater enttäuscht, und Mutter erwiderte, sie habe nicht gesagt, dass da nichts sei, sie habe nur gesagt, dass sie nichts fühle: »Da kann sehr wohl etwas sein, auch wenn ich es nicht fühle.« Aber Vater sagte, sie brauche ihm nicht nach dem Mund zu reden, um ihm einen Gefallen zu tun, und warf ihr vor, dass sie unfähig sei zu fühlen, was er fühle. »Ich fühle ihn ganz eindeutig, besonders wenn ich schlucke.« Mutter schlug ihm vor, noch etwas zu trinken, und er trank etwas und sagte, er fühle ihn immer noch, und Mutter riet ihm, eine Scheibe Brot zu essen, die den Kern sicher herunterdrücken würde, und Vater meinte, das sei gar keine schlechte Idee, aber was sei mit der Diät, und Mutter sagte, unter diesen Umständen dürfe er mit der Diät aussetzen, und außerdem werde er bei dieser Diät offenbar eher sterben als abnehmen, »und das will doch keiner, nicht wahr, Kinder?«. Wir wussten nicht, ob wir ihr glauben sollten und was sie damit meinte, wer weiß, was ihr durch den Kopf ging, als sie uns das fragte.

Vater zögerte noch und fragte Mutter, ob er ihrer Meinung nach schon so viel abgenommen habe, dass er sich eine Scheibe Brot gönnen dürfe, aber Mutter antwortete, es sei ihr völlig egal, ob er abgenommen habe oder nicht, sie liebe ihn auch so, und dann dachte Vater noch ein bisschen nach und sagte, ein paar Tage Diätpause würden ihm weder nützen noch schaden, und schmierte ein riesiges Stück Butter auf eine dicke Scheibe Brot, und als Mutter trotz allem nicht an sich halten konnte und fragte: »Warum so viel Butter?«, sagte er, er wolle auf Nummer sicher gehen, mit der Butter werde das Brot glatt hinunterrutschen, sonst bliebe ihm am Ende auch noch das Brot im Hals stecken.

Vater kaute sehr vorsichtig und wir schauten alle zu und freuten uns, dass der erste Bissen glatt hinunterrutschte, und Mutter fragte, ob das helfe, und Vater sagte, das wisse er nicht, aber es schmecke ihm vorzüglich, und er begreife nicht, wie er es so lange mit all diesen Schrottdiäten ausgehalten habe, und bat darum, ihm noch eine Scheibe abzuschneiden, und er legte wieder den Finger auf die Stelle unter seinem Ohr und sagte, er sei sich nicht mehr sicher, ob er noch dasselbe fühle wie vorher.

Und am Abend, als wir alle Schnitzel und Fritten aßen und Mutter fragte, ob Vater noch etwas spüre, sah er sie erst an, als wisse er nicht, wovon sie rede, und dann schien es ihm wieder einzufallen, er steckte sich noch ein Stück Schnitzel in den Mund, kaute gründlich und schluckte vorsichtig, um den Stand der Dinge zu überprüfen, legte wieder den Finger auf die Stelle am Ohr und beklagte sich darüber, dass sie ihn daran erinnerte, nachdem er die ganze Sache schon vergessen hatte.

5. *Knospen im Ohr*

Genau neun Tage nachdem Vater fast erstickt wäre, gegen acht Uhr abends, als Großmutter zu uns kam, um auf Noga aufzupassen und uns damit zu nerven, dass wir so einen Mist wie *Die Liebe wartet an der Ecke* guckten, fing das eigentliche Theater an.

Mutter stand vor dem Spiegel und probierte gerade das vierte Kleid an, weil man zu dem Anlass, zu dem sie eingeladen waren, nicht in solchen Lumpen gehen kann, wie Vater sie trägt, »und wechsle auch das Hemd, so gehe ich mit dir da nicht hin«, doch Vater war es egal, ob sie mit ihm da hinginge oder nicht, und er wäre am liebsten zu Hause geblieben, weil er die Szenepartys zu Ehren von Büchern, die andere geschrieben haben, nicht ausstehen kann, und dann kam Mutter in ihrem fünften Kleid aus dem Schlafzimmer und bat ihn, sich wenigstens zu rasieren, und sie werde ihm schnell das graue Hemd bügeln, in dem er so blendend aussehe wie damals, als sie sich kennenlernten. Wenn man Vater die Stimmung verderben will, braucht man ihn nur daran zu erinnern, dass er einmal blendend ausgesehen hat, weil man ihm damit eindeutig zu verstehen gibt, dass er jetzt nicht mehr so aussieht, und Mutter, die sofort merkte, dass sie einen Fehler gemacht hatte, griff zu ihrer Wunderwaffe, das heißt, sie blickte tief in seine traurigen, verzweifelten Augen und sagte mit einer Stimme, die sich anhörte, als habe man massenweise Ahornsirup darübergeschüttet, sie bitte ihn flehentlich darum, ja, sie flehe ihn regelrecht an. Wenn sie diese iranische Waffe gegen ihn einsetzt, kann er nicht länger widerstehen. Sein Widerstand bricht so schnell zusammen wie die Türme des World Trade Center im Fernsehen.

Vater trottete widerwillig ins Badezimmer und fing an sich zu rasieren, wobei er vernehmlich stöhnte, um Mutter zu beweisen, wie sehr er für sie leiden musste, und als er fertig rasiert herauskam, streichelte Mutter ihm die Wangen und hielt ihm das gebügelte Hemd hin, und er beschwerte sich, dass es noch heiß war, und Mutter schüttelte es und pustete darauf wie auf Nogas Teller, wenn sie jammert, dass sie sich den Mund verbrennt, und als sie behauptete, nun sei es nicht mehr heiß, verzog er das Gesicht und sagte, dass ihm das Hemd sicher nicht passe, und Mutter beruhigte ihn und sagte, er hätte doch einige Diäten hinter sich, »und das sieht man dir auch an«, und erinnerte ihn daran, dass sie das Hemd in Schottland gekauft hatten und dass der Verkäufer ihm aus Versehen ein Hemd eingepackt hatte, das zwei Nummern größer war als das andere, das er vorher anprobiert hatte und das haargenau passte. Demnach müsste das Hemd, das Vater anstarrte, als sei es ein Wesen von einem anderen Stern, jetzt »perfect« sitzen. Sie benutzte das englische Wort »perfect«, weil sie findet, dass englische Ausdrücke manchmal überzeugender klingen, und Vater erinnerte sich an die Reise und sagte: »Dieser Idiot von einem Schotten …«, und Mutter versuchte ihn zu beruhigen und sagte: »Idiot oder nicht, das tut doch nichts zur Sache, er hat uns ein zukunftsorientiertes Produkt verkauft, du wirst gleich sehen, wie genau er es damals getroffen hat«, und Vater steckte lustlos die Arme in die Ärmeltunnel, wie er sie nennt, wenn er Noga anzieht, und kämpfte sich mühsam hindurch, denn Mutter hatte sie plattgewalzt wie ein Bulldozer, der eine Straße planiert, und als Vaters Hände am anderen Ende herauskamen, atmete sie erleichtert auf, doch dann fing Vater an, die Schultern in alle möglichen Richtungen zu bewegen, um Mutter zu beweisen, wie unbequem das Hemd war, aber Mutter lächelte nur, denn sie hatte recht gehabt, das Hemd saß perfekt und überspielte die Fettwülste um seine Mitte und er sah wirklich gut aus, als hätten die Diäten trotz allem etwas gebracht.

Als er das Hemd zuknöpfte, überraschte ihn Mutter mit einem vorgeknoteten Schlips, den man nur wie ein Lasso um den Hals schlingen und zuziehen musste. Sie zurrte ihn unter seinem Doppelkinn fest und ignorierte sein Gejammer, und als sie fertig war, trat sie zurück und musterte ihn mit einem strahlenden Lächeln, weil er endlich mal wie ein vernünftiger Mensch aussah, aber plötzlich machte sie ein sehr ernstes Gesicht und fragte: »Was hast du da im Ohr?«

»Was soll ich da haben?«, fragte Vater.

»Ich weiß nicht…«, sie ging näher an ihn heran, »da guckt was raus.«

»Da guckt was raus?«, wiederholte Vater erschrocken, »wieso guckt da was raus?«

»Wenn du dir täglich die Ohren säubern würdest…«

»Anstatt mir Moralpredigten zu halten, guck lieber nach, was da rausguckt«, sagte Vater wütend.

»Das tue ich ja«, sie ging noch näher an Vaters Ohr heran, und dann rief sie, ohne den Blick abzuwenden, nach meiner Großmutter: »Miriam! Kannst du mal einen Moment herkommen?«

Großmutter war so hypnotisiert von dem Streit, der sich im Fernsehen zwischen Schirli und Amnon oder vielleicht zwischen Lior und Daniela abspielte – die schwer zu unterscheiden sind, da sie alle wie geklont aussehen, wie mein Großvater zu sagen pflegt –, dass sie vor lauter Spannung nicht von ihrem Stuhl aufstehen konnte. Sie rief zurück, ob Mutter nicht sehe, dass sie mit Noga beschäftigt sei, denn Noga erklärte ihr die schwierigen Stellen, und Mutter guckte weiter in Vaters Ohr, und Vater, der total erschrocken war, weil Mutter Großmutter zu Hilfe gerufen hatte, was sie nur in äußersten Notfällen tut, fragte immer wieder: »Was ist das, sag doch, was ist es denn?«, und versuchte, sein Ohr zu betasten, aber Mutter fing seine Hand ab und sagte: »Geh da bloß nicht dran. Das ist wirklich komisch, es sieht nicht aus, als wäre es von außen ins Ohr gekommen.«

»Es sieht nicht aus, als wäre es von außen ins Ohr gekommen«, wiederholte Vater und versuchte vergeblich, seine Hand aus ihrem eisernen Griff zu befreien, »würdest du mir bitte erklären, was ich da habe?«

»Es sieht wie etwas aus, das aus dem Ohr herauskommt«, sagte Mutter.

»Wie etwas, das aus meinem Ohr herauskommt? Was soll das heißen, herauskommt?«

»Etwas, das von innen kommt«, sagte Mutter und bat ihn, sich vorzubeugen und seinen Kopf an die Lampe zu halten.

»Nun«, drängte Vater, »könntest du vielleicht meine Frage beantworten?«

»Ich gucke ja, was willst du von mir«, sagte Mutter und ließ endlich seine Hand los.

»Das ist bloß ein Ohr, nicht die Milchstraße, was gibt es denn da zu sehen, dass du so lange hineinguckst?«

»Du würdest dich wundern, was es hier alles zu sehen gibt … Eine Welt für sich. Wann hast du dir zum letzten Mal die Ohren geputzt?«

»Ich sehe gleich in meinem Terminkalender nach und erstatte dir Bericht«, murrte Vater, »vielleicht nimmst du einfach dieses Etwas heraus und fertig?«

Mutter versuchte, das Etwas anzufassen und herauszuziehen, doch Vater stieß einen solchen Schrei aus, dass sie erschrocken losließ, und vielleicht war das der größte Fehler, den sie in dieser ganzen seltsamen Geschichte begangen hat, denn wie Abu Rudjum ihnen bald erklären sollte, war das die letzte Gelegenheit, dieses Etwas auszurupfen, bevor es zu einem illegalen Siedlungsstützpunkt wurde, der durch nichts auf der Welt wegzukriegen ist. Aber das konnten wir noch nicht wissen, denn in diesem Augenblick wussten wir nicht mehr, als dass Mutter zu Vater sagte: »Entschuldige, ich wollte dir nicht wehtun, ich hätte nicht geglaubt, dass dieses Ding so fest sitzt«, und Vater sagte ärgerlich, sie solle das Ding nicht immer das Ding nennen, »sicher ist es etwas Bestimmtes, also schau es dir genau an und sag, was es ist«, denn Vater hatte immer am meisten

Angst vor Dingen, die keinen Namen haben und über die man deshalb nichts weiß. In seinem Bücherregal standen tausend verschiedene Lexika und Nachschlagewerke, mit deren Hilfe er Dinge identifizieren konnte, von denen man sonst nichts gewusst hätte, damit er keine Angst vor ihnen zu haben brauchte, obgleich die Logik das Gegenteil nahelegt, denn was man nicht kennt, fürchtet man nicht, und der Beweis dafür ist, dass Noga aus der Flasche mit der Chlorbleiche trinken wollte und dass ich als kleines Kind einmal fast einen Nagel in die Steckdose gesteckt hätte.

Mutter sah auf die Uhr und meinte, wenn sie nicht sofort gingen, würden sie sich haushoch verspäten, und versuchte Vater davon zu überzeugen, dass niemand auf das Ding achten würde, weil es so klein war, und dass sie es nach ihrer Rückkehr genau untersuchen würden, denn wenn sie schon einmal ausgingen, sollten sie sich den Spaß nicht durch so ein kleines Ding verderben lassen, und Vater sagte: Erstens habe er sie schon einmal gebeten, das Ding nicht mehr das Ding zu nennen, und zweitens würde er mit diesem Ding im Ohr nicht unter Menschen gehen, das habe ihm noch gefehlt, dass die ganze Stadt über Dinge redet, die aus seinem Ohr herausgucken.

»Du machst gleich eine Affäre daraus«, sagte Mutter, »und das Ding guckt auch nicht wirklich aus dem Ohr heraus, es reicht nur bis an den Rand der Ohrmuschel.« Vater, der bisher nicht gewagt hatte, die Ohrmuschel auch nur anzutippen, befingerte vorsichtig sein Ohrläppchen und sagte, er hoffe nur, dass es kein Krebsgeschwür sei, und Mutter sagte wegwerfend, das glaube sie nicht, worauf er ärgerlich fragte, seit wann sie Krebsspezialistin sei, und da Mutter nicht mit ihm streiten wollte, rief sie noch einmal Vaters Mutter, und Vaters Mutter versprach, gleich zu kommen, wenn die Werbung anfinge, und Mutter beschloss, die Zeit bis zur Werbung zu nutzen, und bat mich, ihr meine Lupe zu holen, und ich hatte mittlerweile begriffen, dass die Vorgänge in Vaters Ohr interessanter waren als die neue Folge von *Die Liebe wartet an der Ecke*, in der sowieso nichts passiert, und wunderte mich bloß, dass sogar Leute wie meine Großmutter sich von einer Serie hypnotisieren lassen, die sie selbst nicht nur schlecht, sondern auch langweilig finden.

Ich holte meine Lupensammlung und wir gingen alle drei ins Badezimmer, wo das Licht besser ist und Vater im Spiegel sehen kann, was Mutter mit ihm anstellt. Mutter nahm die Lupe mit zweifacher Vergrößerung, guckte lange in sein Ohr und sagte zweimal »interessant« und danach »komisch« und »sehr merkwürdig« und wiederholte dreimal »Ich glaub es nicht« und zweimal »Das kann doch nicht sein«, und Vater bewegte den Kopf und fragte: »Was kann nicht sein?«, und Mutter ermahnte ihn, nicht den Kopf zu bewegen, weil sie sonst nicht sehen könne, was in seinem Ohr wachse, und er fragte ganz ängstlich: »Wieso wächst da was?«, und sie meinte, er müsse das nicht wörtlich nehmen, denn sie konnte damals noch nicht wissen, dass man es sehr wohl wörtlich nehmen musste. Dann sagte sie zu mir gewandt: »Assafi« – das ist einer meiner Kosenamen –, »vielleicht schaust du mal nach«, und ich war sehr stolz, dass sie meine fachliche Meinung hören wollte, und nahm die Lupe mit dreifacher Vergrößerung, die mit einer erstklassigen Taschenlampe kombiniert ist, stieg auf einen Stuhl und bat sie, etwas zur Seite zu rücken, und sie rückte etwas zur Seite und ich guckte, und wenn man mit der Lupe in ein Ohr guckt, sieht das nicht weniger spannend aus als weit entfernte Galaxien, die man im Teleskop betrachtet, und die Schneckenform erinnert auch an Spiralgalaxien und an Großvaters Erklärungen zu den Fraktalen, die geometrische Muster sind, bei denen in jedem der Teile die Form des Ganzen wiederkehrt, denn auch das Innere des Ohrs erinnert an die Form der ganzen Galaxie, in der sich das Ohr befindet, und es enthält auch Krümel, die in der Vergrößerung Meteoren und Meteoriten gleichen, und in diesem Moment fragte meine Mutter: »Assaf, was siehst du?«, und ich sagte, dass ich ein ganzes Universum sehe, und sie sagte: »Ja, das habe ich auch gesehen, aber schau dir doch das Ding an, das da mitten in diesem Universum wächst und wie ein Docht aussieht«, und ich sagte, es gleiche mehr einem Wurmloch, durch das man von einem Kosmos in den anderen gelangen könne, und Vater erschrak und fragte, ob er einen Wurm im Ohr habe, und Mutter sagte, das wäre schön, denn einen Wurm könne man entfernen, aber dieses Ding sehe so ähnlich aus wie … und dann machte sie eine Pause, weil ihr nichts einfiel, was so ähnlich aussah, und sie fragte mich, ob mir etwas einfiele, womit man das Ding vergleichen könne, und ich richtete den Lichtstrahl direkt auf das Ding und traute meinen Augen nicht, und ich sagte auch zu ihr, dass ich meinen Augen nicht traute, aber das Ding sehe tatsächlich mehr wie ein Stiel aus als wie ein Docht, und Vater, der mir im Spiegel zusah, wie ich in sein Ohr spähte, fragte, was für ein Stiel oder Docht uns im Kopf herumspuke, und dann kam Großmutter eilig ins Badezimmer, um Mutter zu helfen und dann ganz schnell zu ihrer Serie zurückzukehren, die von diesen Schuften mit der Werbung immer an den spannendsten Stellen unterbrochen wird, weil sie wissen wollte, wie die Geschichte zwischen Schirli und Lior oder zwischen Schirli und Joav ausgeht – sie kann nicht zwischen den beiden unterscheiden, obwohl Noga ihr erklärt hat, woran sie zu erkennen sind –, und da Großmutter viel kleiner ist als Vater, musste sie ihn zu sich herunterziehen, und sie zog ihn nicht nur an der Schulter, sondern auch am Ohr und schrie zwischendurch: »Noga, ruf mich, wenn die Werbung zu Ende ist«, und Vater sagte unwirsch, sie solle ihm nicht ins Ohr schreien, und Großmutter entgegnete, sie habe nicht mit ihm, sondern mit Noga gesprochen, und er fragte sie, ob sie glaube, dass Noga in seinem Ohr stecke, weil sie da hineinschreie, und Großmutter sagte, es sei nicht ihre Schuld, dass sie sein Ohr angucken müsse, während sie etwas anderes angucke, er solle sich also bitte nicht beklagen, und Vater wollte etwas erwidern, aber inzwischen hatte Großmutter ihn schon auf Augenhöhe zu sich herabgezogen und fragte Mutter, was das für ein Wurm sei, der sich in Vaters Ohr winde, und Mutter und ich antworteten, das sei kein Wurm, und sie guckte noch mal und fragte: »Aber was ist es dann? So was habe ich in meinem Leben noch nicht gesehen«, und warf Mutter einen vorwurfsvollen Blick zu und fragte sie, ob sie jemals so etwas gesehen habe, und Mutter sagte, ihres Wissens nicht, und Großmutter warf ihr den verächtlichsten Blick zu, den sie auf Lager hatte, und sagte, das habe nichts mit Wissen und Unwissen zu tun, früher habe man die Ohren geputzt und öfter nachgeschaut, ob sie sauber seien, und darum seien auch keine Kartoffeln darin gewachsen, und Mutter nahm ihren ganzen Mut zusammen und guckte Großmutter genauso an, aber Großmutter hörte nicht auf, sie mit diesem verächtlichen Blick anzusehen, der meiner Mutter klarmachen sollte, dass sie seit der Heirat mit ihrem Sohn auch für seine Ohren verantwortlich war. Wie dieses Blickgefecht ausgegangen wäre, werden wir nie erfahren, denn Noga schrie aus dem Wohnzimmer, die Werbung sei zu Ende, damit Großmutter nicht die Hälfte verpassen und Noga nachher mit ihren Fragen stören würde, und Großmutter verzichtete sofort auf den Blickwechsel mit Mutter und die Inspektion von Vaters Ohr und sauste ins Wohnzimmer, und wir hörten, dass sie Noga fragte, ob sie etwas verpasst hätte, und Noga sagte: »Psst, stör mich nicht«, und dann schrie Großmutter meiner Mutter zu, sie solle Großvater anrufen, er sei schließlich ein Wissenschaftler von Weltruf, und daraufhin sagte Vater verächtlich, Großmutter glaube wohl, sein Vater sei ein Hals-Nasen-Ohren-Arzt.

Doch er sah ziemlich verzweifelt aus und sagte einen Moment später, vielleicht sollte man wirklich Großvater anrufen, und Mutter warf einen traurigen Blick auf die Uhr und erwiderte, dass er diese Idee gerade selbst verworfen habe, aber Vater erinnerte sie daran, dass sie vorher in seinem Ohr einen ganzen

Kosmos gesehen habe, weshalb es vielleicht doch nicht so abwegig sei, einen Kosmologen zu Rate zu ziehen, und Mutter schien auch schon zu verzweifeln und sagte, dass er total spinne, schließlich würde man ja auch keinen Geologen zu Hilfe rufen, wenn man über jemanden sage, er habe ein versteinertes Gesicht, und fügte sehr behutsam hinzu, dass man sich vielleicht eher an einen Botaniker oder Agronomen wenden solle, wenn man überhaupt einen Fachmann hinzuziehen wolle. Vater guckte noch einmal in den Spiegel, drehte den Kopf in alle Richtungen und sagte, dass nichts zu sehen sei, und Mutter sagte, genau das habe sie ihm vorhin schon gesagt, es sei wirklich nicht so schlimm und unsere Panik sei übertrieben.

»Was sollen wir jetzt machen?«, fragte Vater, und Mutter schlug vor, zu der Buchpremiere zu gehen und danach in irgendeinem netten Lokal was zu trinken und dann nach Hause und ins Bett, und bis zum nächsten Morgen werde das Ding sicher verschwunden sein, und Vater fragte begeistert: »Glaubst du wirklich?«, und Mutter sagte, sie hoffe es, und Vater sah noch einmal kurz in den Spiegel und meinte, warum eigentlich nicht, schließlich gebe es viele Dinge, die plötzlich auftauchen und wieder verschwinden, und hörte mit einem Mal auf, sein Ohr zu betrachten, rückte die Krawatte zurecht und sagte lächelnd, sie sehe eigentlich gar nicht übel aus, und Mutter lächelte auch, weil sie nun trotz allem ausgehen würden, und als sie das Haus verließen, waren beide gleichzeitig in bester Laune, was bei lange verheirateten Paaren ziemlich selten ist. Bei der Party achtete niemand auf Vaters Ohr und vielleicht vergaß auch Vater sein Ohr für eine Weile, aber wenn es so war, dann war es das letzte Mal, denn am nächsten Morgen war es nicht mehr zu übersehen, auch wenn man sich Mühe gab, nicht hinzuschauen, ähnlich wie bei Eltern, die ihre Kinder ermahnen, einen Invaliden oder Behinderten nicht anzustarren, obwohl gerade das Wegschauen auffälliger ist als das Hinschauen. Die Erste, die sich bemühte, nicht hinzuschauen, da sie ganz einfach ihren Augen nicht traute, war unsere Mutter, die immer eher aufwacht als Vater, der ein anständiger und gerechter Mensch ist und deshalb den Schlaf der Gerechten schläft.

Sie räkelte sich behaglich und lächelte etwas dümmlich, wie immer, wenn sie in der Nacht diese komischen Geräusche gemacht haben. Es hat eine Weile gedauert, bis ich kapierte, dass sie sich nicht wehtun, sondern eher das Gegenteil, denn warum lächelt Mutter sonst den ganzen Tag wie ein Smiley? Nachdem Mutter sich genug geräkelt hatte, drehte sie sich zu Vater um, weil er einen Gutenmorgenkuss verdient hatte, und neigte sich mit halb geschlossenen Augen über ihn, bis sie plötzlich ein Piksen in einem Nasenloch spürte und nieste, wie immer, wenn sie ihre Blütenallergie hat, und als sie mit Niesen fertig war und sich die Tränen aus den Augen gewischt hatte, guckte sie nach, was sie gepikst hatte, und was sie sah, war so seltsam und unwahrscheinlich, dass sie sich die Augen rieb und sie abwechselnd aufriss und schloss, um sicherzugehen, dass sie nicht träumte, wie sie später ihrer Freundin Tamar bei einem Gespräch erzählte, das ich mithören konnte, doch das Ding guckte immer noch aus Vaters

Ohr heraus, während er weiterschlief wie ein Baby. Sicherheitshalber setzte Mutter ihre Lesebrille auf und rückte noch näher an Vater heran, und dann sah sie es ganz deutlich: Es war ein winziges Olivenbäumchen mit klitzekleinen Blättchen und fadendünnen Zweigen, noch zarter als Nogas Händchen, und wenn es nicht aus dem Ohr ihres Mannes gewachsen wäre, hätte sie es einfach süß gefunden.

6. Die Sonne ging auf und das Olivenbäumchen blühte

»Es ist nicht gerade angenehm, wenn du eines Morgens aufwachst und siehst, dass deinem Ehemann ein Olivenbäumchen aus dem Ohr wächst, auch wenn es noch so klein ist«, sagte Mutter ein paar Tage später, als sie und Vater schon von einem Arzt zum anderen liefen, zu ihrer Freundin Tamar. Vater, der das Gespräch mithörte, sagte, für den Ehemann sei es noch unangenehmer. Aber noch hatte dieses Gespräch nicht stattgefunden. Wir kehren zu dem Morgen zurück, an dem Mutter, wie gesagt, ganz vergnügt aufwachte, als hätten sich alle Probleme im Kosmos und auf dem Bankkonto meiner Eltern von selbst erledigt.

Nachdem Mutter ihre Lesebrille aufgesetzt hatte, um zu überprüfen, ob das, was sie ohne sie gesehen hatte, auch wirklich das war, was sie gesehen zu haben glaubte, beschloss sie, die Brille wieder abzunehmen, die Augen zu schließen und zu hoffen, dass sie noch schliefe, und alles andere, einschließlich des Aufwachens, nichts weiter als ein völlig absurder Traum gewesen sei, über den sie beim nächsten Treffen mit ihrer Psychologin reden sollte. Dieser Gedanke machte ihr etwas Mut, denn in letzter Zeit wurden die Therapiestunden häufig damit vergeudet, dass sie sich gegenseitig anschwiegen, was der Therapeutin wenig ausmacht, weil sie ihr Geld für die fünfzig Minuten so oder so kriegt, aber Mutter eine ganze Menge, weil sie nach Minuten und nicht nach Anzahl der gesprochenen Worte zahlt, und weil vierhundert Schekel für ein Treffen, bei dem Mutter vielleicht zehn Worte sagt, ein Honorar von vierzig Schekeln pro Wort bedeutet, was auch dann ein gepfefferter Preis wäre, wenn sie bei der Therapie Latein oder Sanskrit sprächen. Vater hatte diese Rechnung aufgestellt und Mutter empfohlen, so viel wie möglich zu reden, um die Kosten des gesprochenen Worts zu senken und so die Therapie zumindest wirtschaftlich rentabler zu machen, da sie in jeder anderen Hinsicht seiner Meinung nach sowieso ein Beschiss war. Er nahm ein Blatt Papier und fing an zu rechnen und sagte zu Mutter, sie und die Psychologin hätten nach zweihundertachtundvierzig Terminen einfach keinen Gesprächsstoff mehr und seien deshalb zu einer Schweigetherapie übergegangen.

»Worüber soll man denn noch reden nach zwölftausendvierhundert Minuten Gelaber, also fast zweihundertsieben Stunden?«, fragte Vater und wedelte mit seinem Blatt. »Hast du jemals mit einem anderen Menschen zweihundertsieben Stunden geredet?«

»Mit dir sicher, oder etwa nicht?«

»Also wirklich, Smadar«, sagte Vater herablassend, »rechne doch mal selbst nach. Wir reden netto vielleicht zwei Minuten am Tag, und glaub mir, das ist noch doppelt so viel wie bei anderen Paaren.«

»Schon jetzt reden wir länger.«

»Weil wir darüber reden, wie lange wir reden, und das Reden darüber, wie lange wir reden, dauert immer länger als das Reden selbst. Rechne mal all die Tage hinzu, an denen wir gar nicht reden oder nur kurz berichten, was passiert ist und was erledigt werden muss, wie zum Beispiel: Hast du die Rechnung bezahlt? Hast du den Techniker für die Waschmaschine bestellt?«

»Was du da sagst, klingt ja ziemlich deprimierend«, sagte Mutter nach kurzem Nachdenken.

»Dafür gehst du doch zur Psychologin, oder?«

»Aber mit der rede ich ja auch nicht mehr, und das deprimiert mich genauso.«

»Angesichts der Tatsache«, begann Vater und hielt einen Moment inne, um noch eine kleine Rechnung anzustellen, »dass du für die Therapie schon neunundneunzigtausendzweihundert Schekel ausgegeben hast, würde ich eigentlich erwarten, dass du in besserer Stimmung zu Hause herumläufst.«

»So viel habe ich für die Therapie ausgegeben?«, fragte Mutter bestürzt, und Vater hielt ihr das Blatt mit der Berechnung unter die Nase und erklärte ihr wieder seine Theorie, dass winzige Ausgaben sich zu kleinen Ausgaben addieren und kleine zu großen und große am Ende zu Riesenausgaben anschwellen, so wie auch das Land Israel erworben wurde, ein Dunam hier, ein Dunam dort, eine Ziege hier und eine Ziege dort, mit all den Pfennigen aus den blauen Sammelbüchsen des Jüdischen Nationalfonds, gespendet von Leuten, die im Gegensatz zu Mutter daran glaubten, dass aus kleinen Spenden eine beträchtliche Summe werden kann.

Seitdem leidet Mutter unter schweren Schuldgefühlen wegen der Unsummen, die sie im letzten Jahr für ihre Schweigetherapie verplempert hat. Deshalb war sie direkt froh, als sie an diesem Morgen beschloss, das

Bäumchen in Vaters Ohr sei nur ein Traum, denn so ein Traum gehört zu den Themen, mit denen man glatt drei bis vier Therapiestunden füllen kann, in denen hauptsächlich von Sex die Rede sein wird, weil Vaters Ohr das Weibliche symbolisiert und das Olivenbäumchen das Männliche und weil diese Dinge unweigerlich zu all den Fragen führen, die ihre Psychologin mit Vorliebe stellt und die zum Beispiel mit dem zu tun haben, was sie gestern Abend vor dem Einschlafen gemacht haben.

Und nachdem Mutter beschlossen hatte, die Realität zum Traum zu machen, hielt sie die Augen geschlossen, damit ihr Wunsch in Erfüllung ginge, denn wenn die Realität unsere Träume beeinflussen kann, warum können unsere Träume dann nicht die Realität beeinflussen?

Nachdem sie eine Weile so dagelegen hatte, gähnte sie herzhaft, räkelte sich vorsichtshalber noch ein bisschen und öffnete ganz langsam die Augen, als ob sie gerade zum ersten Mal aufwachte, um auf diese Weise zu verscheuchen, was sie beim vorigen Aufwachen zu sehen geglaubt hatte. Diesen Fehler begehen viele Leute, die meinen, sie könnten etwas Seltsames oder Unheimliches aus der Welt schaffen, indem sie es ignorieren oder beschließen, es nicht gesehen zu haben, oder es sehen, aber nicht glauben, was ihre Augen dem Hirn melden, in der Hoffnung, es werde verschwinden wie eine Fata Morgana in der Wüste, die sich auflöst, sobald der verdurstende Wanderer sich der Oase nähert. Allerdings war es in Mutters Fall umgekehrt: Der Mann in der Wüste hofft, dass seine Fantasievorstellung Wirklichkeit wird, während Mutter hoffte, in Umkehrung des Herzl-Zitats »Wenn ihr wollt, ist es kein Märchen« mit ihrer Willenskraft die Wirklichkeit in den Bereich der Fantasie zu verweisen: »Wenn ihr wollt, ist es ein Märchen.«

Doch Olivenbäumchen, die aus dem Ohr des Ehemanns wachsen, kann man nicht einfach wegwünschen oder verbrennen oder mit Gewalt ausreißen. Diese Tatsache wird Mutter bald klar werden, doch zunächst war sie ihr noch nicht klar. Sie glaubte, dass sie nur die richtige Methode finden müsse, um das Unheil abzuwenden, und da ihr in der Zeit, in der sie die Augen geschlossen hielt, keine neue Methode eingefallen war, wandte sie weiter die Taktik des Ignorierens an, obwohl sie sich als unwirksam erwiesen hatte, und ergänzte sie durch das Stoßgebet, dass Gott (an den sie nicht glaubt) dieses Ding verschwinden lassen möge, was ein weiterer Beweis dafür ist, dass selbst intelligente Menschen nicht aus ihren Fehlern lernen und dass Glaube und Hoffnung das rationale Denken nicht ersetzen dürfen, wie Großvater mir einmal erklärt hatte, als ich betete, dass die Bibelkundelehrerin am Prüfungstag auf dem Weg zur Schule tot umfallen möge.

»Es gibt zwei Möglichkeiten, dein Problem zu lösen«, sagte Großvater, als ich ihm von meinem Gebet erzählte, »entweder lernst du für die Prüfung oder du bringst die Lehrerin um. Verlass dich nicht auf Gott, der nicht existiert, oder auf glückliche Zufälle, die zwar existieren, aber nie passieren, wenn man sie herbeiwünscht. Verlass dich nur auf deinen Kopf und deine zwei Hände. Und da die Möglichkeit, die Lehrerin umzubringen, nicht in Frage kommt, obwohl sie technisch durchführbar wäre, bleibt dir nur die Möglichkeit, für die Prüfung zu lernen.«

Doch gerade dieser Fall zeigt, dass auch mein Großvater sich irren kann, weil er nicht bedacht hatte, dass es drei Möglichkeiten gibt: (1) die Lehrerin umzubringen, (2) für die Prüfung zu lernen, (3) nicht zu lernen und durchzufallen. Ich brauche wohl kaum zu erwähnen, dass ich mich für die dritte Möglichkeit entschieden habe oder sie sich für mich – auch darüber kann man streiten.

Nachdem Mutter gebetet hatte, dass dieses Ding verschwinden möge, verlieh sie ihrer Methode noch mehr Nachdruck, indem sie beschloss, Vater nicht anzusehen, bis sie ihren Kaffee ausgetrunken hätte, wie Orpheus, dem es nur dann gelingen konnte, Eurydike aus der Unterwelt zurückzuholen, wenn er sich nicht nach ihr umdrehte. Oder wie Lots Frau, die in meiner Vorstellung ein Gesicht wie unsere Bibelkundelehrerin hatte und die fliehen musste, ohne zurückzublicken. Bekanntlich scheiterte Orpheus bei seinem Unternehmen, und was aus Lots Frau wurde, die einen Blick nach hinten warf und zur Salzsäule erstarrte, kann man heute noch am Toten Meer sehen. Doch bei allem Respekt – Mutter ist aus anderem Holz geschnitzt. Ihre Entschlossenheit und Willenskraft sind ungleich größer, was sie uns allen sofort beweisen wird, zumal sie im Gegensatz zu Orpheus, der den ganzen Weg zur Oberwelt hinaufgehen musste, und zu Lots Frau, die auf unwegsamen Pfaden in die Berge floh, nur die paar Meter vom Klo bis zur Küche zu gehen braucht, und allein dieser Umstand zaubert schon ein Lächeln auf ihre Lippen, weil sie weiß, dass sie es schaffen wird, und sie setzt sich mit dem Rücken zu Vater auf den Bettrand, geht auf einem (relativ!) langen Umweg zum Badezimmer, damit nicht einmal seine Zehen in ihr Blickfeld geraten, putzt sich die Zähne, kommt schnell aus dem Bad, marschiert durchs Schlafzimmer zur Tür, als habe sie den Befehl »Augen rechts« erhalten (wobei das Bett natürlich links von ihr steht), und betritt die Küche in der Gewissheit, dass der Trick gelingen wird, denn sie hat alles richtig gemacht und selbst der unerbittliche Gott Hades könnte nicht das Geringste an ihrem Vorgehen aussetzen.

Vater schnarcht friedlich weiter, als sei nichts geschehen, und Mutter, die ihn sonst immer wach rüttelt und schimpft, dass er sich auf die andere Seite drehen oder zu einem Facharzt für Schlafstörungen gehen soll und dass sie noch verrückt wird, wenn er bis dahin nicht erstickt ist, weil er schnarcht wie ein ganzes Sägewerk, weckt ihn diesmal nicht und freut sich sogar, dass er so schön schläft. Soll er nur schlafen. Wenn er so schnarcht wie jeden Morgen, ist das ein Zeichen dafür, dass bei ihm alles wie immer ist, und dass das, was sie zu sehen glaubte, nur ein Traum war, bei dessen Deutung ihr die Psychologin helfen wird, die ihn wie üblich im Hinblick auf bestimmte Triebe und Tätigkeiten interpretieren wird, die ihr selbst laut Vater so sehr fehlen.

Sie betritt die Küche, macht sich einen Kaffee, setzt sich mit dem Kaffee und der Zeitung auf den Balkon und beginnt zu lesen. Alles ist vollkommen normal:

Die Sonne ist aufgegangen; die Börsenkurse sind gefallen; zwei verdächtige palästinensische Jugendliche beiderlei Geschlechts im Alter von zwei und vier Jahren wurden von einem israelischen Knirps erschossen, der als Scharfschütze in einer Fallschirmjägereinheit dient und nicht wissen konnte, dass die beiden nicht beabsichtigten, auf dem verwahrlosten Spielplatz, auf dem sie sich befanden, eine Raketenabschussrampe einzurichten, weshalb nicht er, sondern die Eltern der palästinensischen Rowdys schuld seien, die nicht auf ihre Kinder aufpassten oder sie sogar zu Terroranschlägen ausschickten; in Bangladesch sind Tausende durch Überschwemmungen umgekommen; im öffentlichen Dienst wurden vier weitere Korruptionsfälle aufgedeckt; Tausende von Tierarten drohen infolge der globalen Erwärmung auszusterben; der Bildungsetat wird weiter gekürzt, damit die israelischen Kinder noch dümmer werden; im Sommer wird möglicherweise ein Krieg mit Syrien ausbrechen, und demnächst wird der Iran eine Atombombe produzieren, die Israel in Sekundenschnelle vernichten kann.

Diese Nachrichten beruhigen Mutter ungemein, weil sie völlig normal sind, und wenn der vertraute Geschmack des Kaffees, das gewöhnliche Gekeife der Nachbarin, die ihren nichtsnutzigen Mann anschreit, und der übliche Lärm des Gärtners hinzukommen, der wie jeden Dienstag Krach macht, aber nichts tut und den Garten genau so hinterlässt, wie er vorher war, warum sollte dann gerade bei ihr oder genauer gesagt im Ohr ihres Mannes etwas dermaßen Außergewöhnliches passieren, und schon lächelt sie und sagt sich: Wie dumm von mir, dass ich mir solchen Unsinn einbilde. Sie geht wieder in die Küche und spült das Geschirr von gestern, ihre Laune wird zusehends besser, sie singt ein Liedchen, denkt ein bisschen nach, trocknet das Besteck ab, legt es in die Schublade, ohne zu merken, dass sie plötzlich mit sich selbst redet, und sagt laut: »Das war sicher ein Traum«, und dann hört sie Vater fragen, ob sie etwas gesagt habe, und sie dreht sich nicht nach ihm um, damit sie die Illusion des Traums noch ein wenig genießen kann, und Vater, der schon in der Küche steht, fragt, seit wann sie mit sich selbst rede, und sie antwortet, dass sie nur so vor sich hin singe, und trocknet einen Teller ab und stellt ihn in den Schrank und fängt wieder an zu singen, ohne sich nach ihm umzudrehen, und Vater stimmt ein, und sie singen richtig schön zusammen, und dann fragt er, ob sie schon Kaffee getrunken habe, und sie trällert Ja nach der Melodie des Liedes und fügt hinzu, dass sie aber gern noch einen Kaffee mit ihm trinken würde, und dreht sich zu ihm um, die kostbare Porzellanschüssel in der Hand – die in Vaters Familie seit Stammmutter Evas Zeiten von Generation zu Generation vererbt wird –, und sieht das Olivenbäumchen, das nicht nur aus dem Ohr hervorlugt, sondern inzwischen noch ein wenig gewachsen ist. Die Schüssel fällt ihr aus der Hand und zerspringt in Scherben unterschiedlicher Größe, und obwohl jede Scherbe ein Vermögen wert ist, weil es echtes Meissener ist, guckt sie nicht die Scherben an, sondern Vater, der erschrocken auf den Scherbenhaufen starrt und sich fragt, wie er seiner Mutter beibringen soll, dass ihre dreihundert Jahre alte echte Meissener Porzellanschüssel zerbrochen ist, die von Johann Friedrich Böttger persönlich gefertigt wurde und ein Erbstück von Abraham Hochberg, dem Stammvater von Großmutters Familie, ist.

Vater kniet sich auf den Boden, und sein gebrochener Blick ist schwerer zu ertragen als die zerbrochene Schüssel. Er wiegt den Kopf hin und her wie Großmutter, wenn sie »Oi wawoi« sagt, und befühlt die Scherben und versucht sie wieder zusammenzusetzen, obwohl er im Allgemeinen auch beim Zusammensetzen von Puzzles mit weniger Teilen nicht besonders geschickt ist, und murmelt immer wieder: »Die Meissener … die Meissener … wie sag ich das meiner Mutter?«

Schließlich sieht er zu Mutter hoch und fragt sie, warum sie nicht vorsichtig mit der kostbaren Schüssel umgegangen sei, und Mutter starrt immer noch wie hypnotisiert sein Ohr an, und ihr Blick ist so seltsam, dass Vater sie fragt, ob es ihr gut gehe, und sie antwortet, dass sie ihn wohl eher fragen solle, wie es ihm gehe, und Vater sagt, ausgezeichnet, bis das mit der Schüssel passiert sei, und er sieht wieder auf die Scherben hinunter und fragt, ob man sie nicht vielleicht doch kleben könne, und sie sagt, offenbar nicht, aber es gebe Dinge, die ihr mehr Sorgen bereiteten, und Vater, der immer noch in den Scherben wühlt, sagt entrüstet: »Mehr Sorgen als die zerbrochene Meissener, meinst du das im Ernst?«, denn für Großmutter gab es abgesehen von den Enkeln nichts Wichtigeres auf der Welt als das Meissener Service, das sie ihm zur Hochzeit aufgedrängt hatte, und Mutter erwidert: »Allerdings«, und Vater sagt, sie wisse anscheinend nicht, wovon sie rede. »Eins sage ich dir, was damals los war, als wir nicht rechtzeitig zur Hochzeit meiner Schwester aus dem Ausland zurückkamen, war ein Kinderspiel verglichen mit dem, was uns bevorsteht, wenn sie von der Meissener erfährt«, und Mutter sagt, die Meissener sei im Augenblick ihre geringste Sorge, und sie guckt immer noch auf die Mutation, die aus dem Ohr ihres Mannes hervorlugt, und Vater sagt, sie lebe wohl auf einem anderen Stern, wenn sie nicht kapiere, welche Katastrophe über sie hereinbrechen werde, und Mutter murmelt, es gebe solche und solche Katastrophen, und er fragt sie, ob ihr etwas passiert sei, und sie bewegt den Kopf in einer Weise, die Ja oder Nein bedeuten kann, und er denkt ein wenig nach und schlägt vor, eine glaubhafte Geschichte zu erfinden, um das Meissener Unglück zu erklären, und Mutter sagt, sie habe schon eine wahre Geschichte parat, und wenn die anderen und vor allem seine Mutter sie hörten, würden sie die Meissener Schüssel sofort vergessen, und Vater fordert sie auf, ihm die Geschichte zu erzählen, damit sie sich auf die gleiche Version einigen könnten, und Mutter schweigt lange, um sich eine möglichst schonende Formulierung auszudenken, und fragt schließlich: »Ist dir schon aufgefallen, dass du ein Olivenbäumchen im Ohr hast?«

Ein Glück, dass die Meissener Schüssel schon kaputt ist, denn wenn sie noch heil wäre und Vater sie in der Hand gehalten hätte, wäre sie garantiert noch einmal heruntergefallen und zerborsten. Stattdessen macht er nur den Mund auf und zu wie ein Sänger im Fernsehen, wenn Mutter den Ton abstellt, und bringt keinen Laut hervor, und erst nach mehreren mühsamen Ansätzen kommt der Ton wieder und er fragt mit ersterbender Stimme: »Was hast du gesagt?«, und Mutter antwortet: »Was du gehört hast, oder vielleicht hörst du jetzt schlecht auf dem Ohr«, und Vater legt die Hand auf das taube Ohr und zieht sie schnell wieder zurück, weil ihn etwas pikst, er tastet sich noch einmal vorsichtig an das Ohr heran, befühlt die winzigen Zweige, rennt ins Bad und stößt einen so lauten Schrei aus, dass Noga und ich aufwachen.

7. Die erste Diagnose

Vater lag eine geschlagene Stunde auf dem großen Esstisch, damit sein Vater ihn in Ruhe mit dem riesigen Mikroskop untersuchen konnte, das er aus der Universität mitgebracht hatte. Jedes Mal, wenn Vater sich rührte oder Großvater fragte, was er sehe und was er davon halte und was es genau sei und wie es in sein Ohr gekommen sei, sagte Großvater, er solle den Mund halten, weil die Bewegung des Unterkiefers den ganzen Untersuchungsbereich in Vibrationen versetze und ihn daran hindere, der Sache auf den Grund zu gehen. Es war schrecklich heiß in der Essecke, weil wir alle verfügbaren Lampen herbeigeschleppt und auf Vaters Ohr gerichtet hatten, damit Großvater genug Licht hatte. Wenn uns schon so heiß war, dann musste Vaters Ohr geradezu kochen, und er beklagte sich auch von Zeit zu Zeit, dass sein Ohr wie Feuer brenne, aber Großvater schimpfte, er dürfe nicht reden, wenn er wolle, dass die Untersuchung bald beendet sei.

Ohne das Auge vom Mikroskop zu nehmen, beschrieb Großvater seine Beobachtungen und vergewisserte sich, dass Großmutter alles notierte: »Ein stielartiger Stamm von etwa drei Zentimetern Länge ringelt sich aus dem Gehörgang bis zum Rand der äußeren Ohrmuschel empor. Der untere Teil des Stamms sitzt anscheinend im Trommelfell. Hast du das mitgeschrieben?« Großmutter wiederholte jedes Wort und versicherte, sie habe alles mitgeschrieben, äußerte aber manchmal Bedenken. So behauptete sie beispielsweise, das Trommelfell sei, soweit sie sich an den Biologieunterricht in der Schule erinnere, von außen nicht zu sehen, vor allem wenn es von Schmutzschichten verdeckt sei. »Hast du gehört, Smadar?«, fragte sie meine Mutter, aber Großvater bat sie zu schweigen: »Bitte ohne Interpretationen«, und fragte wiederum, ob sie alles genau so aufgeschrieben habe, wie er es diktierte, weil jede Einzelheit seiner wissenschaftlichen Beobachtungen von entscheidender Wichtigkeit für die Lösung des Rätsels sein könne, »das deinem Sohn aus dem Ohr sprießt«, und das sagte er in einem leicht vorwurfsvollen Ton, als sei Großmutter schuld an dem »fantastischen Phänomen«, wie er das Bäumchen bei einer anderen Gelegenheit bezeichnete, als er vor führenden Botanikprofessoren der Universität über den Fall berichtete. Doch das wird später geschehen, als Vater schon zu einem internationalen Event geworden war und einige clevere Unternehmer ihm die Partnerschaft anboten, um ihn zu einem attraktiven Tourismusziel zu machen, das vom Tourismusministerium und der Vertretung der jüdischen Siedlungen in den besetzten Gebieten gefördert wird.

Inzwischen diktiert Großvater laufend weitere Beobachtungen und Großmutter, die Stenotypistin, schreibt mit: »Da das Trommelfell die Sicht versperrt, kann man nur vermuten, dass die Wurzeln des Bäumchens sich unter diesem im Bereich des Gehörgangs entwickeln … Hast du mitgeschrieben?« Großmutter, die mitgeschrieben hatte, bestätigte, dass sie mitgeschrieben habe, und Großvater fuhr fort: »Der Durchmesser des Stamms beträgt an der Basis etwa drei Millimeter und an der Spitze etwa einen Millimeter. Er verfügt über fünf kleine Verzweigungen, offenbar Äste. Ferner sind junge Blattknospen in Mikromillimetergröße zu erkennen. Hast du mitgeschrieben?«

Großmutter bestätigte, dass sie mitgeschrieben habe, und fragte ihn, ob es sich seiner Meinung nach um ein genetisches Problem handle, und Großvater fragte: »Wieso, gab es jemanden in deiner Familie, der ein ähnliches Problem hatte?«

»In meiner Familie?«, erwiderte Großmutter ärgerlich, »wie kommst du denn darauf?«

»Da du dich dafür interessierst, ob das Phänomen eine genetische Ursache hat, habe ich angenommen, dass sie dir bekannt ist, zumal es in deiner Familie alle möglichen Anomalien gibt.«

»Anomalien in meiner Familie?«, sagte Großmutter empört, »ich weiß nicht, wovon du redest.«

»Zum Beispiel Rafi mit dem Knickohr«, sagte Großvater.

»Rafi mit dem Knickohr gehört nicht richtig zur Familie«, widersprach Großmutter hitzig.

»Wenn der Bruder deines Vaters nicht zur Familie gehört, wer gehört dann dazu?«

»Also wirklich, Boas!«, versuchte Großmutter ihn zu stoppen, aber Großvater fügte hinzu, dass Rafi Knickohr nichts im Vergleich zu ihrem komischen Vetter sei: »Wie hieß er noch, der mit der gespaltenen Zunge?«, doch Großmutter erinnerte ihn schnell daran, dass er herbeizitiert worden sei, um seinen Sohn zu untersuchen, und nicht, um sich Schauermärchen aus den Fingern zu saugen. »Also wirklich, Boas, ich würde es ja noch hinnehmen, wenn mir jemand anders diesen Blödsinn erzählte, aber wenn er von dir kommt, von einem berühmten Wissenschaftler?« Da solche Komplimente bei Großvater nie ihre Wirkung verfehlen, wandte er sich wieder der Untersuchung des befallenen Bereichs zu.

Ab und zu bat ich, auch mal gucken zu dürfen, und als Großvater es mir schließlich erlaubte, sah ich mit eigenen Augen, dass es sich tatsächlich um ein kleines Bäumchen handelte. Großmutter kam auf ihre genetischen Spekulationen zurück und fragte Großvater, ob es sich nicht auch um Gene handeln könnte, die aus der Familie ihrer Schwiegertochter stammten, und Großvater, der gerade noch etwas entdeckt hatte, erklärte, ohne den Blick vom Mikroskop zu wenden: »Es gibt bekanntlich keine genetische Verbindung zwischen Ehegatten, es sei denn, es handelt sich um eine Verwandtenehe.«

»Das stimmt«, sagte Großmutter, »aber ich habe irgendwo was über genetischen Einfluss durch Induktion oder Übertragung gelesen.« Großvater erwiderte, dass man seine wissenschaftliche Bildung aus Fachzeitschriften und nicht aus Illustrierten oder den Gesundheitsbeilagen der Tageszeitungen beziehen sollte, die von Tratsch und Halbwahrheiten nur so strotzten, und beschloss seine Darlegung mit dem mysteriösen Satz: »Die Erklärung für diese seltsame Mutation muss man ganz woanders suchen.«

»Wo denn?«, fragte Vater, der die ganze Zeit wie eine Mumie auf dem Tisch gelegen hatte, mit besorgter Stimme.

»Ich habe dich doch gebeten, still zu liegen, nicht wahr?«, mahnte Großvater, und Vater verstummte. Vielleicht hoffte er, dass doch noch alles gut werden würde, wenn er die Anweisungen seines Vaters befolgte.

Nach einer Stunde packte Großvater das Mikroskop ein und sagte, er sei zwar kein Botaniker, doch ihm scheine, dass in Vaters Ohr tatsächlich ein Olivenbäumchen wachse, genau wie Mutter bereits ohne mikroskopische Untersuchung festgestellt hatte.

»Und was hat das zu bedeuten?«, fragte Vater, und Mutter sah ihn mit triumphierendem Lächeln an.

»Es würde mir schwerfallen, dir eine kompetente Antwort zu geben«, sagte Großvater, »wie du weißt, ist Botanik nicht mein Fachgebiet.«

»Also warum lässt du mich dann einen halben Tag lang auf diesem Tisch liegen?«, jammerte Vater, »um mir nachher zu sagen, dass du mir nichts zu sagen hast?«

»Ich konnte dir doch nicht sagen, dass ich dir nichts zu sagen habe, bevor ich dich untersucht habe und zu der Erkenntnis gelangt bin, dass ich dir nichts zu sagen habe. Jetzt kann ich dir schon verbindlich und wissenschaftlich fundiert sagen, dass ich dir nichts zu sagen habe«, antwortete Großvater und machte sich daran, die ringsum stehenden Lampen auszuschalten. »Das ist das Faszinierende an der Wissenschaft«, fügte er hinzu, »dass man vom Wissensdrang getrieben ins Ungewisse vorstößt, ohne sicher zu sein, dass diese Entdeckungsreise zu einer Lösung des anstehenden Problems führt.«

»Also habe ich wegen der beschissenen Faszination der wissenschaftlichen Forschung ein halbes Jahr auf diesem Tisch gelegen?«, schrie Vater, worauf Großmutter sogleich einwandte, solche Worte dürfe man nicht benutzen, doch Großvater befahl ihr zu schweigen und erinnerte Vater daran, dass die Untersuchung nicht auf seine Initiative zurückgegangen sei, sondern dass Vater selbst ihn am Telefon angefleht habe, einen Blick auf sein Ohr zu werfen, »und genau das habe ich getan. Ich habe einen Blick darauf geworfen und bin zu dem Ergebnis gelangt, dass ich keinerlei Erklärung für dieses interessante Phänomen habe und dass mir abgesehen davon das einschlägige Fachwissen fehlt.«

»Und was soll ich deiner Meinung nach machen?«, fragte Vater, »soll ich zu einem Botaniker gehen?«

Großvater dachte ein wenig nach und sagte, das sei etwas kompliziert, weil das Problem in Vaters Ohr in keinen Fachbereich einzuordnen sei. »Es handelt sich hier um ein interdisziplinäres Problem: Der Baum gehört zu den Fachgebieten Botanik und Landwirtschaft. Die Tatsache, dass er wächst, beweist, dass wir es möglicherweise mit einem onkologischen Problem zu tun haben. Geht man jedoch von dem befallenen Bereich aus, so gehört es eindeutig zur Hals-Nasen-Ohren-Heilkunde, und da es möglich ist, dass die Wurzeln bis unter das Trommelfell reichen und vielleicht schon ins Gehirn hineinwachsen, muss auch ein Neurologe konsultiert werden.«

Großvater machte eine Pause, damit wir alle die Information verdauen konnten, und Vater fragte mit schwacher Stimme, ob es möglich sei, dass er Krebs habe, und Großvater fragte: »Wie kommst du darauf?«, und Vater erinnerte daran, dass er von Onkologie gesprochen hatte, doch Großvater beruhigte uns und erklärte, er habe nur die Fachgebiete aufgezählt, zwischen denen sich der Fall bewege. »Das Problem ist«, sagte er, nachdem er eine ganze Weile mit gerunzelter Stirn nachgedacht hatte, »dass ich keinen interdisziplinären Fachbereich kenne, der so ein breites Spektrum von Spezialgebieten in sich vereint. Man müsste eine Konferenz von Spezialisten einberufen, die mit vereinten Kräften vielleicht einer Lösung näherkommen könnten.«

»Eine Konferenz von Spezialisten«, wiederholte Vater kaum hörbar Silbe für Silbe, und man sah ihm an, wie verzweifelt er war. »Wer wird für mich eine Konferenz von Spezialisten einberufen? Wer bin ich denn? Ein einfacher Bürger, der nicht zählt.« Als er das sagte, konnte er nicht ahnen, dass sein Fall zu einem Stolperstein im israelisch-palästinensischen Konflikt werden würde. Vorerst widersprach ihm niemand, denn alle stimmten insgeheim seiner Behauptung zu, dass er nur ein einfacher Bürger sei, an den man sich nur erinnert, wenn seine Steuererklärung überfällig ist oder wenn er zum Reservedienst einrücken muss oder wenn er vor den Wahlen umworben wird, damit er für die richtige Partei stimmt.

Vater stieg schwerfällig vom Tisch, ging zum Fenster und sah hinaus wie Moses, als er vom Berg Nebo traurig auf das Gelobte Land blickte, das er nie betreten sollte, obgleich es einen Riesenunterschied zwischen den beiden gab, denn Moses war alt und musste sowieso bald sterben, was hatte er also zu verlieren? Ein Land mit heißen Wüstenwinden und Stechmücken, umzingelt von zweihundert Millionen Arabern und mit einem Volk, das ihn höchstens zum Oppositionsführer gewählt hätte, weshalb in seinem Fall der Gewinn größer war als der Verlust. Aber Vater war noch jung und vernarrt in seine beiden wunderbaren Kinder (Noga war fünf und ich zwölf Jahre und acht Monate), und er hatte eine tolle Frau, auch wenn ihm das nur gelegentlich bewusst wurde, einen festen Job mit ausreichender Bezahlung und ein Haus, das sie vor kurzem abbezahlt hatten, und nun wurde er plötzlich, ohne jede Vorwarnung, aus seinem idealen Leben mit ein bisschen Übergewicht herausgerissen und mit einem massiven Problem, aus dem noch wer weiß was entstehen konnte, auf den Berg Nebo versetzt.

Wir sahen ihm alle zu, wie er auf sein Gelobtes Land blickte, das schon in weite Ferne zu rücken begann, und nach einem langen Schweigen fragte er, ohne den Kopf zu wenden, was er unserer Meinung nach machen solle, und Großmutter sagte, der Einzige, der einem interdisziplinären Arzt am nächsten käme, sei sein Hausarzt.

»Hausärzte haben schon alles gesehen und kennen alles, sie sind nicht wie die Fachärzte in den Krankenhäusern, die alle nur auf einen kleinen Körperteil spezialisiert sind«, und sogleich fiel ihr der traurige Fall von Großvater ein, als ihm, Gott schütze uns, der linke Hoden wehtat und die Schmerzen bis ins Knie ausstrahlten und der Urologe und der Orthopäde sich stritten, wer bis wohin verantwortlich sei, als könne man quer durch den Körper Grenzen ziehen und behaupten, dass hier der Hodenstaat aufhört und dort der Kniestaat beginnt, und der Spezialist für die Oberschenkel, die dazwischen lagen, den beiden anderen den Zutritt zu seinem Territorium verwehrte, obwohl sie sich nur dort hätten treffen können, und sich plötzlich auch noch der Nephrologe einmischte, was nach Großmutters Meinung vollkommen absurd war: »Was soll das? Plötzlich ist der Urologe, der auf die Harnwege spezialisiert ist, nicht für die Nieren zuständig, aus denen das Pipi kommt? Das wäre ja, als wollte man einem Nilforscher den Zugang zum Victoriasee verbieten. Findet ihr das etwa logisch?«, fragte sie, und wir vergaßen für einen Augenblick das Olivenbäumchen in Vaters Ohr und sahen vor unserem geistigen Auge Großvaters kranken Hoden im trüben Wasser des Victoriasees schwimmen, in dem die Fische massenhaft aussterben, weil die Kolonialisten den Nilbarsch darin ausgesetzt haben, einen Raubfisch, der noch schlimmer ist als die Weißen, die ihn eingeführt haben, und der sich jetzt, nachdem er alle Petersfische im See ausgerottet hat, auch auf Großvaters armen Hoden stürzen und ihn verschlingen wird.

»Ein Glück, dass sich schließlich alle Fachärzte auf die Operation geeinigt haben«, sagte Großmutter, »denn wenn sie noch ein bisschen länger gestritten hätten, wäre es zu spät gewesen, und wer weiß«, hier hielt Großmutter inne und sah Großvater an, der sie schon mehrmals mit der Bitte unterbrochen hatte, den

Kindern und Enkeln diese intimen Einzelheiten zu ersparen, die außerdem dem Grundsatz der ärztlichen Schweigepflicht unterlägen, der von Großmutter mit Füßen getreten werde.

»Warum genierst du dich?«, begehrte Großmutter auf, »ich habe doch bloß von einem medizinischen Problem gesprochen, und Gott sei Dank ist ja auch alles gut ausgegangen, trotz der tausend Spezialisten«, und Großvater erwiderte, Takt sei noch nie Großmutters starke Seite gewesen, und sie solle bitte seinen Willen respektieren und sofort aufhören, über seinen Gesundheitszustand zu reden, und das sagte er in seinem strengen, gebieterischen Ton, und im Zimmer trat ein gespanntes Schweigen ein, bis Mutter vorschlug, Vater bei Dr. Rosenberg anzumelden, unserem Hausarzt, der die Familie schon behandelt hat, als Großmutter eine junge Frau und Vater noch ein Kind war, und der als Student noch Dr. Ya'akov Winschel gekannt hat, in dessen Küche die Le'umit-Krankenkasse gegründet wurde und dem meine Großeltern immer treu bleiben werden, es sei denn, die Le'umit geht pleite.

»Nur er mit all seiner Erfahrung wird wissen, was zu tun ist«, sagte Großmutter im Brustton der Überzeugung und warf Großvater einen Blick zu, um seine Zustimmung einzuholen, doch Großvater meinte, bei allem Respekt für Dr. Rosenberg, den Famulus der Le'umit-Gründer, die nach dem Mord an Chaim Arlosoroff wegen ihrer Mitgliedschaft in der revisionistischen Bewegung von der sozialistischen Clalit-Krankenkasse entlassen worden waren, zweifle er daran, dass der alte Trottel, der vermutlich noch nichts von der Erfindung des Antibiotikums gehört habe, die richtige Adresse für so ein komplexes Problem sei.

»Hier muss ein erstklassiges Krankenhaus eingeschaltet werden, das eine synergetische Diagnose stellen kann.«

Doch Mutter meinte, dass auch ein Marsch von tausend Meilen mit einem kleinen Schritt beginnt, das heißt mit dem Krankenkassenformular Nr. 17, das man für die Überweisung ins Krankenhaus benötigt.

8. Ein kleiner Schritt

Das erste Problem ergab sich schon bei dem ersten kleinen Schritt, dem Gang von unserem Haus zur Arztpraxis. Vater verschanzte sich im Fernsehsessel, zappte wie ein Irrer durch die Kanäle und erklärte meiner Mutter und seiner Mutter, dass selbst eine gerichtliche Vorladung ihn nicht dazu bewegen könnte, sich in diesem Zustand in der Öffentlichkeit zu zeigen.

»Wenn es etwas Schlimmeres gibt als das Zusammenleben mit einem Hypochonder«, sagte Mutter kurz vor dem betrüblichen Ende der Geschichte zu ihrer dicken Freundin Hadas, »dann ist es das Zusammenleben mit einem Hypochonder, der Angst vor Ärzten hat. Kannst du dir das vorstellen? Einerseits ist er ganz versessen darauf, zum Arzt zu laufen, andererseits hat er Angst vor ihm! Sein Dilemma ist so extrem, dass es für jeden, der mit ihm zusammenlebt, einen Riesenhaufen Probleme schafft.«

Hadas sagte betrübt, sie verstehe genau, was Mutter meine, weil Dicke in genau der gleichen Lage seien: Sie wollen abnehmen, sind aber verrückt auf alles, was dick macht.

»Aber Ro'i macht anderen das Leben schwer, und du tust das nicht«, wandte Mutter ein.

Im Gegensatz zu anderen Situationen verstand ich Vater diesmal ganz gut. Manche Mädchen in meiner

Klasse gehen wegen eines Pickels nicht zur Schule, auch wenn man ihnen tausendmal sagt, er sei so winzig, dass er fast nur in ihrer Einbildung existiere. Und was ist, wenn einem ein Olivenbäumchen aus dem Ohr wächst? Andererseits ist Vater kein Schulmädchen, und ein erwachsener Mensch muss auch unangenehme Situationen meistern können. Doch auch mit diesem Argument gelang es Mutter nicht, Vater zu überzeugen.

»Erwachsene Menschen meistern so gut wie gar nichts«, sagte er aufgebracht, »sie kehren alles unter den Teppich und hoffen damit durchzukommen, oder sie fangen einen Krieg an, um das Problem in Strömen von Blut zu ertränken«, worauf Mutter erwiderte, das Olivenbäumchen in seinem Ohr könne man wohl kaum unter den Teppich kehren und schon gar nicht in Blut ertränken, deshalb solle er sich bitte am Riemen reißen. Vater sah an sich herunter, weil ihn das Wort »Riemen« daran erinnerte, dass er den Gürtel enger schnallen sollte, doch der Gürtel war von seinem Bauch verdeckt, und er vergrub trotzig die Hände in den Taschen, damit niemand auf die Idee kam, er werde sich widerstandslos irgendwo hinschleppen lassen.

»Hör mal, Ro'iki«, sagte Mutter, die offenbar beschlossen hatte, eine andere Taktik anzuwenden, »wie sollen wir denn mit dieser Geschichte fertig werden, wenn du nicht mitmachst? Ich kann doch nicht für dich zum Arzt gehen. Wir werden schon einen Weg finden, das Ding zu verdecken.«

Vater griff sich ans Ohr und befühlte das Bäumchen, das wieder ein paar Millimeter gewachsen war, verzog das Gesicht und fragte Mutter, wie er es verdecken solle, ohne wie ein Idiot auszusehen.

Während Mutter angestrengt nachdachte und vermutlich zwischen einem Schlapphut, einem Kopftuch, einer Mütze und einer Kefije schwankte, die sie in Tulkarem gekauft hatte, als man noch dort hinfahren konnte, ohne von palästinensischen Terroristen gelyncht zu werden, mischte sich Großmutter ein und gab Vater recht. Sie fragte Mutter, ob sie so auf die Straße gehen würde, wenn sie in seiner Lage wäre, und Mutter entgegnete, sie würde sich bestimmt nicht zu Hause vergraben, denn wenn man das Ding behandeln wolle – sie nannten es jetzt wieder das Ding, als hofften sie, es würde von selbst verschwinden, wenn sie es nicht beim Namen nannten –, müsse man den Hintern hochkriegen und das Problem mutig angehen, statt sich hinter Mamas Rockzipfel zu verstecken, und dann sagte Großmutter plötzlich zu Mutter, sie solle eine Schere oder eine Blumenschere holen, statt ihrem Mann Vorwürfe zu machen, weil sie eine Idee habe, und Mutter vergaß sofort ihren Ärger und sagte: »Wieso bin ich nicht von selbst darauf gekommen«, und Großmutter sagte, wenn Mutter ihre Zunge etwas mehr im Zaum hielte und dafür ihr Gehirn etwas mehr anstrengte, statt ihren Sohn zu beschimpfen und zu beleidigen, dann wäre sogar sie auf diese elementare Lösung gekommen.

Doch als Mutter sich behutsam mit der Schere Vaters Ohr näherte, einen winzigen Zweig zwischen die Schneiden nahm und versuchte, sie zusammenzudrücken, schnellte Vater aus dem Sessel hoch und schrie mindestens so laut, wie van Gogh geschrien haben muss, als er sich das Ohr abschnitt, und Mutter schreckte zurück und sagte denselben Satz, mit dem sie Noga zu beruhigen versucht, wenn sie ihr die Nägel schneiden will und Noga sicherheitshalber schon losbrüllt, bevor sie die Schere angesetzt hat: »Was hast du denn … Ich hab doch noch gar nichts gemacht!«

Sie warf einen Blick auf Vaters Ohr, um sich zu überzeugen, dass es noch am richtigen Platz saß, und er sagte, er wisse nicht, ob sie etwas gemacht habe oder nicht, aber es habe wahnsinnig wehgetan, und sie meinte, das könne nicht sein, sie sei sicher, dass sie den Zweig nur angetippt habe, und er sagte ärgerlich, sie wisse wohl neuerdings besser als er, was er fühle, und bevor Mutter antworten konnte, nahm Großmutter die Blumenschere, die Mutter auch gleich mitgebracht hatte, und murmelte, diese Frau habe zwei linke Hände und es sei kein Wunder, dass es bei ihr zu Hause immer aussehe wie nach dem Hurrikan Katrina, und fügte etwas lauter hinzu: »Lass mich mal, ich zeig dir, wie man so was macht«, und sagte zu Vater, er könne ganz beruhigt sein, weil sie jetzt sein Bäumchen beschneiden werde, und er solle sich hinsetzen und nicht von der Stelle rühren, denn er wisse ja, dass er sich auf sie verlassen könne, und sie führte die Blumenschere ganz langsam an sein Ohr heran, und als sie noch einen Meter davon entfernt war, fragte sie ihn: »Tut es weh?«, und Vater flüsterte: »Nein«, und als sie bis auf einen halben Meter an das Ohr herangekommen war, fragte sie wieder: »Tut es jetzt weh?«, und Vater verneinte, und als die Schere sich dem Ohr bis auf zwanzig Zentimeter genähert hatte, fragte sie: »Tut es immer noch nicht weh?«, und Vater, der den drohenden Schmerz zu bekämpfen versuchte, indem er die Augen fest zusammenkniff und sich auf die Unterlippe biss, blinzelte ein wenig und sagte, dass er bis jetzt nichts spüre, und warf Mutter einen vorwurfsvollen Blick zu, und Mutter sagte: »Wie sollst du was spüren, wenn die Schere noch einen Kilometer von deinem Ohr entfernt ist«, und Großmutter sagte, Mutter solle still sein, weil sie gerade dabei sei, ihn an die Schere zu gewöhnen, denn bei solchen Dingen sei es immer am wichtigsten, schrittweise vorzugehen, und plötzlich berührte sie mit der Schere den Wipfel des Bäumchens und schnitt mit einer schnellen Bewegung die Spitze eines Zweiges ab, und Vater sprang auf und stieß einen noch viel lauteren Schrei aus als vorher und fuhr sich mit der Hand ans Ohr, und Großmutter schrie ihn an, sie habe doch sein Ohr gar nicht berührt, sondern nur den Zweig, und er solle aufhören, wie ein Baby zu plärren, und Mutter warf ihr einen triumphierenden Blick zu, weil auch Großmutter versagt hatte, doch bevor sie ihr überlegenes Lächeln aufsetzen konnte, zog Vater die Hand vom Ohr weg, und die Hand und das Ohr waren voller Blut und wir bekamen einen furchtbaren Schrecken.

Vielleicht lag es daran, dass ich bei den Pfadfindern bin und ein paar Kurse mitgemacht habe – jedenfalls fasste ich mich als Erster, düste ins Badezimmer und holte den Verbandskasten. Mutter und Großmutter stürzten sich mit Jod und Mullkompressen und Pflastern auf Vaters Ohr, und obwohl sie sich gegenseitig ins Gehege kamen und dauernd sagten: »Lass mal« oder

»gib her« oder »so nicht!«, schafften sie es schließlich, die Blutung zu stillen, und nachdem das Olivenbäumchen beinahe in Blut ertrunken wäre, begannen sie darüber zu diskutieren, wo die Wunde eigentlich sei. So genau sie auch mit oder ohne Brille hinschauten, sie konnten nichts entdecken, aber plötzlich sahen sie zu ihrer Überraschung einen Blutstropfen, der aus dem Zweigende perlte, das Großmutter abgeschnitten hatte, und Mutter fragte Großmutter, ob sie auch sehe, was sie sehe, und zeigte auf die winzige Wunde am Wipfel des Bäumchens, und Großmutter beugte sich darüber und behauptete, das könne nicht sein, und Vater, der sich während des Verbindens wieder auf den großen Esstisch gelegt hatte, versuchte sich einzumischen oder sein heiles Ohr zu spitzen, um der Diskussion Informationen über die neuesten Entwicklungen in seinem anderen Ohr zu entnehmen, doch die beiden Frauen befahlen ihm, den Mund zu halten und sich nicht zu rühren, und fingen an, flüsternd zu erörtern, was passiert sein könnte, und Großmutter sagte: Vielleicht ist der Baum, Gott behüte, in seinen Blutkreislauf eingedrungen, und Vater fragte wieder, was denn nun los sei, und Mutter sagte, sie werde ein kleines Experiment machen und er solle nicht erschrecken, wenn es eine Spur wehtäte, und er protestierte und sagte, er sei kein Versuchskaninchen, doch sie sagte, er solle still sein, weil sie prüfen müsse, ob ihr und Großmutters Verdacht zutreffe, denn das könne das ganze Bild verändern, und er fragte, welches Bild, und sie antwortete, genau das werde sie untersuchen, und er flehte sie an, nur ja recht vorsichtig zu sein, und kniff die Augen zu und biss die Zähne zusammen, und sie streckte den Finger behutsam nach dem abgeschnittenen Zweig aus, bis sie ihn schließlich ganz zart berührte, und sie spitzte schon den Mund, um ihm eine Frage zu stellen, doch bevor sie einen Ton hervorbringen konnte, schrie er, sie solle sein Ohr in Ruhe lassen, und sie fragte ihn erstaunt: »Hast du das wirklich gefühlt?«

»Natürlich habe ich das gefühlt. Du hast meine Wunde berührt. Hast du das nicht gemerkt?« Mutter und Großmutter tauschten einen vielsagenden Blick aus, und Vater, dem diese Blickkoalition nicht entgangen war, begriff, dass sie ihm etwas verheimlichten, und verlangte eine Erklärung, und Mutter sagte, in seinem Ohr sei etwas Schreckliches im Gange, und Vater fragte: »Etwas Neues?«, und Mutter sagte: »Nicht nur, dass dir ein Bäumchen im Ohr wächst, du blutest, wenn man es beschneidet.«

»Wieso ich?«, fragte Vater ungläubig.

»Soviel ich weiß, hat ein Baum kein Blut, also ist es höchstwahrscheinlich dein Blut.«

»Warum bist du dir so sicher, dass es mein Blut ist?«

»Weil es dir an der Stelle wehtut, an der deine Mutter den Zweig abgeschnitten hat.«

»Woher weißt du, dass es mir gerade da wehtut?«

»Weil ich dich nur da berührt habe. Sollen wir das Experiment noch mal wiederholen?«

»Nein, danke«, sagte Vater und verstummte.

Wir verstummten auch, weil niemand etwas zu sagen hatte, und nach ein paar Minuten setzte Vater sich auf, rutschte vom Tisch herunter und ging zu seinem Berg-Nebo-Fenster, um hinauszusehen.

»Wie soll das nur weitergehen?«, fragte er nach einer langen Pause, »es wird immer schwieriger.« Er wusste noch nicht, wie recht er hatte, denn Großmutter, die neben dem blauen Schrank stand, merkte plötzlich, dass die Meissener Schüssel nicht mehr drin war, und wollte unbedingt wissen, wo sie hingekommen sei.

»Darüber machst du dir jetzt Sorgen?«, fragte Vater tief verbittert, und Großmutter erwiderte, sie könne sich gleichzeitig über mehrere Dinge Sorgen machen, und er solle bitte nicht vom Thema ablenken.

»Dein Sohn stirbt an einem Olivenbaum, der ihm das Blut aus dem Leibe saugt, und du denkst an deine armselige Schüssel?«, schrie Vater sie an, und Großmutter riet ihm, sich erst mal zu beruhigen, und fügte hinzu, ihres Wissens sei noch niemand an einem Olivenbaum im Ohr gestorben: »Das ist höchstens eine kleine Unannehmlichkeit, also brauchst du keine Riesenaffäre daraus zu machen. Dagegen soll es vorkommen, dass Schüsseln zerbrechen, und ich hoffe sehr, dass meiner Meissener Schüssel dieses Schicksal erspart bleibt.«

»Es ist schon lange nicht mehr deine Meissener Schüssel«, wütete Vater, »du hast sie uns zur Hochzeit aufgedrängt.«

»Ich habe sie euch in Verwahrung gegeben … Ein solches Familienstück von historischem Wert verschenkt man nicht, man gibt es von Generation zu Generation weiter, wie die mündliche Überlieferung der Bibel.«

»Dann muss ich dir leider mitteilen, dass die mündliche Überlieferung den Weg alles Irdischen gegangen ist«, sagte Vater feierlich, ohne seine Genugtuung zu verbergen.

»Soll das heißen, dass die Meissener zerbrochen ist?«, zeterte Großmutter, »wisst ihr überhaupt, was sie alles überstanden hat? Die Kristallnacht, zwei Weltkriege, die bolschewistische Revolution, die Dreyfus-Affäre, die Eroberung des Jüdischen Viertels in Jerusalem …«

»Die Altalena-Affäre hast du vergessen«, warf Vater ein.

»Richtig … Sag bloß nicht, dass ihr etwas passiert ist.«

»Das habe ich schon gesagt.«

In der bedrückenden Stille, die nun eintrat, packte Großmutter ihre Handtasche. Sie ging zur Tür, blieb stehen, drehte sich um und verkündete, wir müssten uns selbst an Dr. Rosenberg wenden, denn sie werde mit niemandem zum Arzt gehen.

9. Gogols Ärzte

In der Praxis stellte sich heraus, dass Dr. Rosenberg vor gar nicht langer Zeit, genauer gesagt vor fünfzehn Jahren, verstorben war und dass er vorübergehend von Dr. Irena Auverman vertreten wurde, deren Namen Vater gleich an den französischen Arzt aus Moskau, Dr. Auvers, erinnerte, der seinen Lieblingsschriftsteller Gogol behandelt hatte. Zu diesem Auvers kam der arme Gogol mit zweiundvierzig Jahren, dürr wie ein Skelett, nachdem er sich einer mörderischen Hungerkur unterzogen hatte, um ein geistiger Mensch zu werden und dadurch den Satan in sich zu besiegen. Auvers und ein anderer Arzt steckten Gogol in ein kochend heißes Bad, tunkten seinen Kopf in Eiswasser, und danach legte das menschenfreundliche Paar den vor Kälte zitternden Mann auf ein Bett und setzte einen Haufen Blutegel auf seine Nase an, um ihm schlechtes Blut und Schleim abzusaugen, und Gogol wälzte sich mit letzter Kraft auf dem Bett und flehte sie an, die Blutegel aus seinem Gesicht zu entfernen, und konnte kaum reden, weil sie zum Teil von der Nase in den Mund abgewandert waren und sich auf der Zunge festsetzten, aus der sie mühelos Blut saugen konnten, und so viel Gogol auch schrie und drohte und forderte, ihn von den ekelhaften Viechern zu befreien, es half ihm nichts, sie holten einen bulligen Assistenten des Doktors, der ihm die Hände festhielt, und all das, um ihm die heilende Kraft der ärztlichen Kunst zu demonstrieren, die Gogol in seinen Geschichten verspottet hatte.

In dieser Hinsicht, erklärte Vater unserer Mutter, habe sich seit jenen Tagen bis heute nicht viel geändert. Auch wenn die Ärzte nicht wissen, woher die Krankheit kommt und wie man sie kuriert, bestehen sie trotzdem darauf, ein ganzes Spektrum von Medikamenten und Therapien an dem Patienten auszuprobieren, in der Annahme, dass irgendwelche Kugeln aus ihrem Arsenal, einschließlich der Schüsse ins Dunkle, schon ihr Ziel treffen werden. Diese Methode ist auch unter der Bezeichnung »Abdeckung eines breiten Risikenbereichs« bekannt oder als Bayes'sche Analysemethode, bei der man die Daten jeweils den neu eingegangenen Informationen anpasst und ein Ziel ansteuert, das erst dann definiert wird, wenn man es erreicht hat, sofern der Patient nicht inzwischen gestorben ist. Das heißt, man muss zum Gott der Heilkunde, Äskulap, beten, dass eine der Kugeln die Krankheit killt, bevor die bereits abgeschossenen Kugeln den Patienten gekillt haben. Kein Wunder also, dass Vater in Panik geriet, als er den Namen der Ärztin hörte.

Dr. Auverman, die wie viele Kassenärzte durchschnittlich zweihundertsechsundachtzig Patienten in der Woche behandelt, nahm den höchst ungewöhnlichen Zustand ihres Patienten, der sich nach Entfernung der Kefije in Vaters Ohr offenbarte, überhaupt nicht zur Kenntnis. Sie war in ein Telefongespräch mit ihrem alten senilen Vater vertieft, der, wie sie meinen Eltern erzählte, vor einigen Monaten aus dem sibirischen Irkutsk eingewandert war, einer wunderbaren, dynamischen Stadt, einem Paradies verglichen mit Tel Aviv, wenn man die Tatsache ignoriert, dass dort zehn Monate im Jahr Temperaturen von minus dreißig Grad herrschen, und nur den angenehm kühlen sibirischen August mit dem unerträglichen Hochsommer in Tel Aviv vergleicht.

Als meine Eltern hereinkamen, erklärte sie gerade ihrem Vater auf Russisch, wie man die Mikrowelle einschaltet, und redete so laut auf ihn ein, dass man jedes Wort im Wartezimmer verstehen konnte, während sie gleichzeitig meinen Vater mit einer Handbewegung aufforderte, ihr seine Chipkarte zu geben. Sie zog die Karte durch den Computer, wobei sie Vater noch immer keines Blickes würdigte, befahl ihm, das Hemd auszuziehen, die Hose bis zu den Knien herunterzulassen und sich auf die Liege zu legen, erklärte ihrem Vater nochmals, wie man Gretschnewaja Kascha in der Mikrowelle aufwärmt, und wiederholte ihre Anweisungen ein Dutzend Mal, bis sie aufgab und den Hörer auf den Apparat knallte.

»Warum sind Sie nicht auf Liege?«, fragte sie, noch während sie auflegte, und machte sich daran, alle möglichen Papiere zu unterzeichnen, die auf ihrem Tisch lagen, und als Vater zu der Antwort ansetzte, dass sich die Untersuchung, die sie offenbar vornehmen wolle, in seinem Fall erübrige, klingelte ihr Handy und man hörte im ganzen Zimmer, wie ihr Vater sie anschrie, doch sie beherrschte sich mühsam und fing an, ihm noch einmal die Geheimnisse des Mikrowellengeräts zu erklären.

»So ist das mit alte Eltern«, sagte sie zu meinen Eltern, »wie kleine Baby ... Warum sind Sie nicht auf Liege?«

»Ich glaube nicht, dass es in meinem Fall etwas nützt, wenn ich mich hinlege«, protestierte Vater schüchtern.

»Sie glauben, Sie verstehen mehr von meine Arbeit als ich?«, fragte die Ärztin ungeduldig, und Vater beteuerte, dass er das keineswegs glaube, weil ihm inzwischen klar war, dass sie zu den Menschen gehörte, die man nicht reizen durfte, fügte aber sogleich hinzu, dass sein Problem im oberen Teil seines Körpers und nicht in der Mitte zu suchen sei.

»Wenn Sie wissen, was Problem ist, warum kommen zu mir?«

»Weil ich die Lösung nicht weiß«, erwiderte Vater und begleitete seine schlagfertige Antwort mit einem Lächeln, das ihm aber sofort gefror, als er das abweisende Gesicht der Ärztin sah.

»Körper ist integrative Sache«, erklärte sie ihm, »alles hängt mit alles zusammen.«

»Bei mir nicht«, beharrte Vater auf seiner Meinung.

»Auch bei Ihnen. Lassen Sie mich meine Arbeit machen und Sie machen Ihre. Legen Sie sich auf Liege und ziehen Hemd hoch und Hose bis Knie runter.«

Vater legte sich widerstrebend auf die schmale Liege und betete, dass die Auverman nicht auf die Idee kam, in der Tradition ihrer Vorfahren Blutegel auf ihn anzusetzen. Sie fing an, seinen Bauch abzutasten und ihn zu fragen, ob es wehtue. Dann hörte sie Herz und Lungen ab, prüfte die Reflexe an den Knien, wollte wissen, ob er Fieber oder Halsschmerzen habe, weil eine

Grippewelle umgehe, und empfahl ihm dringend, sich gegen Grippe impfen zu lassen, doch Vater beharrte darauf, dass er ein anderes Problem habe.

»Was ist Problem?«, fragte die Ärztin ungeduldig. Sie hatte im Laufe des Morgens schon siebzehn Patienten überzeugt, dass sie an Grippe erkrankt seien, und war sich so gut wie sicher, dass auch die nächsten zwölf, die draußen warteten, an derselben Krankheit litten. Und dann kam plötzlich dieser Quertreiber daher, der den reibungslosen Ablauf ihres Diagnoseverfahrens, das sich an diesem Morgen so schön eingespielt hatte, zum Stocken brachte.

Vater bat sie, in sein Ohr zu gucken, und erst jetzt sah sie das Bäumchen, das fröhlich vor sich hin wuchs, und ohne genauer hinzuschauen oder sich zu wundern, sagte sie mit der Abgebrühtheit einer Hausärztin, die schon alles in ihrem Leben gesehen hat, genau wie Großmutter behauptet hatte, er brauche einen Hals-Nasen-Ohren-Arzt, und es sei schade, dass er ihre Zeit verschwende.

Mutter versuchte noch, mit ihr zu verhandeln und sie zu bewegen, sich das Ohr näher anzusehen, aber Dr. Auverman rief schon: »Der Nächste bitte«, und die nächste Patientin kam herein, bevor Vater seine Hose richtig zugeknöpft hatte, und die Ärztin sagte noch zu meinen Eltern, an ihrer Stelle würde sie sich mehr Gedanken über Vaters Gewicht machen: »Ding im Ohr kann man wegkriegen, dafür hat Krankenkasse sehr gute Chirurgen, aber zwanzig Kilo Übergewicht, die können nur Sie wegkriegen.«

Der Hals-Nasen-Ohren-Arzt sah das Olivenbäumchen, noch bevor er die Chipkarte durchzog, und bat Vater sofort, den Mund weit aufzumachen und die Zunge herauszustrecken, und Vater versuchte, mit aufgerissenem Mund zu widersprechen, und mit schnellen Drehungen des Zeigefingers in Ohrnähe anzudeuten, dass sein Problem dort liege, aber der Arzt sagte, das Ding im Ohr sei nur das Symptom, und er wolle die Wurzel des Übels finden, und er entdeckte tatsächlich ziemlich bald die Luftwurzeln, die von der Mundhöhlendecke herabhingen und durch die, wie sich später herausstellte, das Bäumchen die Feuchtigkeit aufnahm, die es für sein Wachstum brauchte. Nachdem er auch die Nasenhöhlen und das andere Ohr untersucht hatte, nahm er sich das Sahnehäubchen vor und untersuchte das befallene Ohr und wiegte dabei die ganze Zeit den Kopf hin und her und sagte immer wieder, so etwas habe er noch nie gesehen, und gestand sogar, dass nichts von dem, was er im Medizinstudium gelernt habe, ihn auf ein so außergewöhnliches Phänomen vorbereitet habe. Dieses Geständnis erinnerte Vater an Hume und das Problem des Schwarzen Schwans, denn selbst wenn man noch nie einem begegnet ist und sein ganzes Leben lang Milliarden von weißen Schwänen gesehen hat, kann man nicht behaupten, dass es keine schwarzen Schwäne gibt, und daher kann man die Zukunft nicht aufgrund wiederkehrender Ereignisse in der Vergangenheit vorhersagen, weil immer irgendein schwarzer Schwan unerwartet auftauchen und alle Berechnungen über den Haufen werfen kann, und so erging es tatsächlich der Theorie der weißen Schwäne, als man 1697 plötzlich schwarze Schwäne in Australien entdeckte, und genauso ergeht es heute den Investoren, die jammern, dass sie nicht an der Börse investiert hätten, wenn sie den Crash vorausgesehen hätten, und nicht kapieren, dass der Crash nicht passiert wäre, wenn sie nicht an der Börse investiert hätten, und das ist ja gerade das Gute an den schwarzen Schwänen, dass man nicht vorhersehen kann, wann sie auftreten, und dass sie einfach wegbleiben, sobald man mit ihrem Auftreten rechnet, denn sonst wären sie keine schwarzen Schwäne, deren Verhalten unberechenbar ist. Vater benutzte diese unbrauchbaren Informationen, um Risiken bei Aktieninvestitionen zu analysieren, was mehr oder weniger sein Beruf ist, und versuchte, Taktiken zur Vermeidung von etwas zu entwickeln, das man nicht kennt und von dem man außerdem nicht weiß, wann es auftritt, und jetzt stellte er zu seiner Überraschung fest, dass auch die moderne Medizin an dieser Krankheit leidet und dass die Ärzte wie die Generäle und Aktienmakler erst dann erklären können, warum sie gewonnen oder verloren haben, wenn der Krieg schon zu Ende ist.

Doch als er dem Arzt zu erklären versuchte, was die Medizin und die Börse gemeinsam haben, fiel Mutter ihm ins Wort und bat ihn, dem Doktor einen ausführlichen Vortrag über Risikomanagement zu ersparen und das Gespräch auf das Risiko zu beschränken, das in seinem Ohr Wurzeln geschlagen habe, und wandte sich, ohne seine Antwort abzuwarten, an Dr. Kowalew – so hieß der Hals-Nasen-Ohren-Arzt –, um ihn zu fragen, was man dagegen machen könne, und Dr. Kowalew dachte lange nach und sagte schließlich, er müsse ihr ehrlicherweise sagen, dass er es nicht wisse. Er untersuchte das Bäumchen noch einmal und fügte hinzu, er sei sich nicht einmal sicher, ob es sich um ein pathologisches Phänomen handle, die Krankenkasse werde die Behandlung, die nicht im Leistungskatalog enthalten sei, sicher nicht abdecken, wenn es überhaupt etwas gebe, das dieses Ding abdecken könne. Dann dachte er wieder ein Weilchen nach, betrachtete nochmals das Bäumchen und sagte, andererseits könne man auch nicht behaupten, dass es sich um ein normales Phänomen handle, doch es sehe nicht so aus, als ob Antibiotika in diesem Fall nützen würden, und wir müssten uns ehrlicherweise eingestehen, dass die konventionelle Medizin ihre Grenzen habe, und daher biete die Le'umit-Krankenkasse – natürlich nur im Rahmen einer Zusatzversicherung – alternative Behandlungen an, die bei botanischen Phänomenen dieser Art möglicherweise wirksamer seien. Bevor er die Überweisung ausstellte, bat er Vater um die Erlaubnis, das Bäumchen zu fotografieren, weil er es den Kollegen zeigen wolle, die er bei einer internationalen Konferenz für Hals-Nasen-Ohren-Spezialisten in einem hübschen Städtchen in der Nähe von Lausanne treffen werde.

Auf dem Heimweg schimpfte Vater auf den Arzt, der durch einen Patienten berühmt werden wolle, den er nicht kurieren könne, und wollte zurückgehen, um dem Arzt das Foto wegzunehmen, doch Mutter überzeugte ihn, dass es nur von Vorteil sei, wenn sein Fall international bekannt würde, weil sich dann vielleicht jemand fände, mit dessen Hilfe er das verdammte Ding loswerden könne. Vater schwieg, und auch nachher beim Essen sagte er kein Wort, bis ich aufstand, um den Milchkarton in den Mülleimer zu werfen. Er hielt mich an, nahm mir den Karton aus den Hand, sah ihn eine Weile traurig an und sagte zu Mutter, er habe plötzlich etwas Neues und Wichtiges im Hinblick auf sein Leben begriffen, und bevor Mutter ihn unterbrechen konnte, weil er sicher etwas sagen würde, was die Kinder nicht hören sollten, erklärte er, es gebe kaum etwas Erstaunlicheres, als den Kühlschrank eines Menschen zu öffnen, der vor ein paar Stunden gestorben sei. Man kann dort einen Viertelliter Milch finden, eine halbe Tafel Schokolade, eine angebrochene Colaflasche und lauter andere Dinge, die bezeugen, dass der Verstorbene keine Ahnung hatte, dass er sterben würde. Nach dem Inhalt des Kühlschranks zu schließen, hatte er vor, für ein paar Stunden wegzugehen, aber sicher nicht für immer. Der Todesengel erwischte ihn mit heruntergelassener Hose und nahm nicht einmal Rücksicht auf seinen Vorrat an Klopapier, der sicher noch ein paar Wochen gereicht hätte.

»Warum musst du uns so traurige Dinge erzählen?«, fragte Mutter.

»Weil mir danach zumute ist.«

»Du stirbst doch nicht«, protestierte Mutter nachdrücklich, und Vater erwiderte, jeder müsse einmal sterben, und außerdem habe er etwas von tieferer Bedeutung sagen wollen.

»Wir haben keine Macht über unser Schicksal.«

»Haben wir doch!«

»Haben wir nicht.«

»Du wirst doch hoffentlich nicht aufgeben. Morgen

gehen wir zu Dr. Jakowlewitsch, der soll mit seinen alternativen Methoden die reinsten Wunder vollbringen.«

Vater sagte, er glaube nicht an diesen alternativen Quatsch, doch um ihr zu beweisen, dass er nicht aufgab, schleppte er sich am nächsten Tag zu Dr. Jakowlewitsch und beantwortete geduldig dessen Fragen über Erbkrankheiten, Essgewohnheiten, körperliche Aktivitäten und andere Themen. Der Alternative schrieb seine Antworten mit, da es ihm darum ging, sich ein möglichst vollständiges Bild zu machen.

Als Dr. Jakowlewitsch nach der ersten Untersuchung einen Schritt zurücktrat, um Abstand zu gewinnen und sich eine etwas umfassendere Perspektive zu verschaffen, sagte er, ihn überrasche am meisten, dass der Baum nur in einem Ohr wachse.

»Mich würde es mehr überraschen, wenn er auch im anderen Ohr wachsen würde«, sagte Mutter, »sehen Sie da etwas, was ich nicht sehe?«

»Nebelleben«, antwortete der Alternative.

»Nebelleben? Was soll das heißen?«

Dr. Jakowlewitsch warf ihr einen verächtlichen Blick zu und sagte nur ein Wort: »Palindrom.«

»Was ist das für eine Krankheit?«

»Das ist keine Krankheit, sondern ein Naturgesetz: Von rechts nach links und von links nach rechts gelesen kommt das Gleiche heraus.«

Als Mutter immer noch nicht verstand und Vater den Mund hielt, weil er sich nicht anmerken lassen wollte, dass er es auch nicht verstand, erklärte ihr der Arzt, man könne das Wort Nebelleben vorwärts und rückwärts lesen, und zitierte gleich noch ein lateinisches Palindrom: »Acide me malo sed non desola me, medica«, was so viel bedeutet wie: »Schneide mich mit Leid, aber verlass mich nicht, Ärztin«, und er schrieb den Satz auf seinen Rezeptblock und zeigte ihr zu ihrem Erstaunen, dass sich vorwärts und rückwärts gelesen derselbe Satz ergab.

»Aber was hat das mit dem Ohr meines Mannes zu tun?«, fragte Mutter, nachdem sie sich von ihrem Staunen erholt hatte.

»Die Natur liebt Symmetrie«, sagte Dr. Jakowlewitsch und erklärte, dass er das gestörte Gleichgewicht wiederherstellen könne, wenn es ihm gelänge, auch in Vaters zweitem Ohr einen Baum zu züchten, und Vater nahm mit Genugtuung zur Kenntnis, dass er vollkommen recht gehabt hatte, als er schon im Wartezimmer kehrtmachen wollte, weil er an den Wänden Dutzende von Dankschreiben von Patienten sah, die ihm höchst verdächtig vorkamen, da sie ihn an die Werbefotos für Schlankheitskuren mit der Überschrift »vorher/nachher« erinnerten.

Kurz nach dem Besuch bei dem Alternativen trat bei Vater ein Phänomen auf, das die Medizinische Fakultät und das Ichilov-Krankenhaus in Tel Aviv so sehr interessierte, dass sie sich bereit erklärten, trotz ihrer finanziellen Misere ihre Ressourcen zu poolen und in das »Olivenbaum-Projekt« zu investieren. Die neue Entdeckung war, dass mein Vater den Baum und der Baum meinen Vater in erstaunlichem Maße beeinflussen konnte. Wenn beispielsweise Vater zwinkerte, bewegten sich auch die Blättchen des Baumes wie Augenlider auf und ab, und wenn er die Stirn runzelte, sah es so aus, als ob sich auch in der Rinde des Stämmchens Runzeln bildeten. Außerdem konnte Vater, wenn er durstig war, sich von Mutter ein paar Wassertropfen in sein Ohr träufeln lassen, die seinen Durst stillten, als habe er ein Glas Wasser getrunken.

Nachdem die Fachärzte alle möglichen Untersuchungen durchgeführt hatten, einschließlich CT, MRT, Ultraschall und Röntgen, stellten sie fest, dass Vaters Organismus und der Organismus des Baums miteinander verbunden waren. Der Baum hatte Wurzeln in verschiedenen Teilen seines Gehirns geschlagen und beeinflusste auf diese Weise Vaters Stimmung, seine sexuelle Stimulierung, sein Gleichgewicht und noch viele andere Funktionen. Umgekehrt sandten die Nervenzellen in Vaters Gehirn ihre Exonen durch die Wurzeln in die Äste des Baumes, und deshalb beeinflussten Vaters Stimmungen, seine Gedanken und Empfindungen das Verhalten des Baumes.

Inzwischen hatten sich die Spezialisten darauf geeinigt, dass Vaters Zustand irreversibel sei und dass der Baum nicht mehr durch eine Operation vom Kopf getrennt werden könne. Die Symbiose zwischen Vater und dem Baum ging so weit, dass sie praktisch zu einem Organismus verschmolzen, ähnlich wie ein binationaler Staat, dessen Teilung vollkommen undenkbar ist, weil das bedeuten würde, ihm die Glieder vom Leib zu reißen.

Es gab Fachleute, die – wenn auch mit Vorbehalten – behaupteten, dass Vaters Fall möglicherweise die Entstehung einer neuen Spezies auf der Erde ankündigte, und die empfahlen, das Expertenteam durch einen Evolutionsbiologen zu ergänzen, der auf Mutationssprünge spezialisiert sei, weil nur Wissenschaftler, die erforscht haben, wie Mikroben zu Fischen wurden und Fische zu Säugern und Reptilien zu Vögeln, zur Lösung des Rätsels beitragen könnten.

Vater war schon völlig verzweifelt, doch dann schlug ein arabischer Neurologe ihm vor, zu seinem Onkel zu fahren, der im palästinensischen Autonomiegebiet lebt und ein bekannter Experte für Olivenzucht, vielleicht sogar der größte Olivenexperte im gesamten Nahen Osten ist.

»Ich respektiere natürlich die Spezialisten, die Sie untersuchen«, sagte der arabische Neurologe zu Vater, »doch ich bin überzeugt, dass nur ein erfahrener Fellache Ihnen bei diesem Problem helfen kann. Die Ärzte machen alles noch schlimmer.«

Vater erwog diesen Vorschlag einige Tage lang und beschloss dann, das Risiko auf sich zu nehmen. Was hatte er in seiner Lage schon zu verlieren?

10. Gute Araber

Wir konnten nicht bis zum Haus von Husseini Abu Rudjum oder wie er heißt fahren, sondern mussten das Auto im Dorfzentrum stehen lassen und von da aus zu Fuß gehen, und obwohl Dr. Uda, der arabische Neurologe, uns begleitete und uns vor und während der Fahrt und auf dem Weg zum Haus immerzu beruhigte, fanden wir es doch etwas unheimlich, ohne die Begleitung bewaffneter Soldaten oder wenigstens Polizisten, ob jüdischer oder arabischer, in einem arabischen Dorf herumzulaufen.

Mutter war bleich und flüsterte in Vaters gesundes Ohr – damit unser arabischer Begleiter es nicht hörte, weil die Araber immer so empfindlich und leicht beleidigt sind –, es sei unverantwortlich gewesen, die Kinder, das heißt uns, mitzunehmen, denn wie jeder, der im Nahen Osten lebt und die arabische Mentalität kennt, wusste sie erstens, dass man den Arabern nicht trauen kann, weil sie ihr Wort nicht halten, und zweitens, dass sie heißes Blut haben, das ihnen schnell zu Kopf steigt, und dass sie dann sehr gefährlich werden können. Es gibt viele Gründe dafür, dass den Arabern das Blut zu Kopf steigt. Da sie primitiv sind, ist die Ehre für sie das Wichtigste. Ehre ist für levantinische Menschen so essenziell wie die Luft zum Atmen, und sie würden eher krepieren, als denjenigen nicht umzubringen, der ihre

Ehre verletzt hat. Ehre ist für sie wichtiger als Frau und Kinder, sogar wichtiger als ihr Kamel. Sie reißen dich in Stücke, wenn sie glauben, dass du ihre Ehre verletzt hast, sogar dann, wenn du dich entschuldigst und ihnen erklärst, dass du es gar nicht so gemeint hast, denn es gibt noch etwas, was bei ihnen abläuft, wenn ihnen das Blut zu Kopf steigt – sie können deine Erklärungen nicht mehr hören. Nicht nur dass sie dich in Stücke reißen, sie rächen sich auch an deiner Familie und schlachten alle deine Angehörigen ab, bis ins dritte und vierte Glied, denn die Blutrache ist bei ihnen noch wichtiger als die Ehre. Das große Problem mit der Ehre von Primitiven besteht darin, dass man nie weiß, womit man sie beleidigt, und deshalb muss man schrecklich vorsichtig sein, denn alles, was man sagt oder nicht sagt, kann in ihren Augen beleidigend sein, und dann ist es aus mit dir, wie ich gerade schon erklärt habe. Daher ist es auch so schwer, mit ihnen Frieden zu schließen. Und da ist noch etwas, was es so schwer macht, den Konflikt mit ihnen zu beenden – das ist ihr Clansystem, weil jeder Clan etwas anderes will und sie es nicht schaffen, einen Präsidenten zu wählen, der von allen akzeptiert wird und mit dem man einen endgültigen Friedensvertrag schließen kann. Und wenn alle Jubeljahre einmal ein Staatsmann ans Ruder kommt, der von allen akzeptiert wird, bringen sie ihn gleich um, weil es bei ihnen nicht üblich ist, dass jemand von allen akzeptiert wird. Was sämtliche Clans eint, ist das Gefühl, dass alle sie reinlegen wollen, und deshalb sind sie misstrauisch und trauen weder anderen noch ihresgleichen. Und wenn jemand misstrauisch ist, wird er hinterhältig, das ist ja bekannt, denn wenn du glaubst, dass alle dich reinlegen wollen, musst du ihnen zuvorkommen und sie zuerst reinlegen, und daher haben sie die Hinterhältigkeit im Blut. Auch deshalb kann man keinen Vertrag mit ihnen schließen, denn wenn man endlich so weit ist, ihn zu unterzeichnen, denken sie gleich, dass etwas daran faul sein muss, weil du ihn akzeptierst, und dann spielen sie nicht mehr mit und fangen an zu zetern und verüben Terroranschläge, um einen besseren Vertrag rauszuschinden, dem sie wieder nicht trauen, sobald du dich bereit erklärst, ihn zu unterzeichnen, und dann bleibt dir nichts anderes übrig, als zurückzuschlagen, denn die einzige Sprache, die sie verstehen, ist die Gewalt.

Was sie außerdem ärgert und ihnen das Blut in den Kopf treibt, sind Gruppen von Menschen, die sie nicht mögen, und wenn man sie aufzählt, kommt eine lange und respektable Liste zustande: Juden, Christen, Amerikaner, Briten, Buddhisten, Hindus, Franzosen, Indianer, Frauen und sogar ihre eigenen Kinder, die sie vernachlässigen und auf die sie nicht richtig aufpassen, weshalb sie bei bedauerlichen Unfällen von der israelischen Armee getötet werden, und jeder Clan hat eine Liste von Todfeinden, die auch Mitglieder anderer Clans enthält, doch auf allen Listen stehen die Juden als Meistgehasste an erster Stelle, und selbst zwei verfeindete Clans, die sich schon seit Generationen befehden, lassen trotzdem manchmal die Blutrache ruhen und tun sich zusammen, um einen Juden umzubringen.

Daher kann das Auftauchen eines Juden in einem arabischen Dorf mit einer schrecklichen Katastrophe enden, und man sollte sich lieber gleich selbst eine Kugel in den Kopf schießen, wenn man unbedingt sterben will, wie Großmutter zu Vater sagte, als sie von seiner Absicht hörte, sich auf dieses überflüssige Abenteuer einzulassen. Großvater drückte sich zurückhaltender aus und sagte nur, er verstehe nicht, wie ein einfacher Fellache Vater helfen könne, wenn die größten Spezialisten das Handtuch geworfen hätten, und Vater, der den Wipfel seines Olivenbaums mit meinem Legokran abstützte, damit er den Kopf gerade halten konnte, fragte Großvater, ob er eine bessere Idee habe, außer einem weiteren Konsilium, das ihn nur mit lateinischen Fachausdrücken anöden werde, aber auch nicht wisse, was zu tun sei. Großvater versank in Gedanken, und Vater sagte, in der Zeit, in der er nachdenke, wachse der Baum noch ein paar Millimeter und bohre seine Wurzeln noch tiefer in sein Gehirn, und ihm werde schon schwindlig von der Fotosynthese des Baums, die ihn mit Sauerstoff überschwemme und die Glukosebalance im Blut störe, wie ihnen der Botaniker erklärt hatte. »Was habe ich schon zu verlieren?«, fragte er den Familienrat, der einberufen worden war, um das Problem mit Dr. Uda zu erörtern, »im schlimmsten Fall kann der Araber mir nicht helfen.« Darauf meinte Großmutter, das sei noch der beste Fall, denn helfen könne der Araber ihm sicher nicht, »doch schlimmstenfalls«, fügte sie hinzu, »wird er dich abschlachten und deine Leiche in einen tiefen Brunnen werfen, um ein paar Piaster von Ahmadinedschad zu bekommen, oder er wird einfach der Hamas melden, dass du bei ihm bist, damit sie dich entführen, und dann müssen wir alle mit der Ungewissheit leben, die uns kaputt macht, und niemand schafft es, dich freizubekommen, weil unsere Regierung bekanntlich die einfachsten Dinge nicht fertigbringt, wie zum Beispiel die Hisbollah im Libanon auszulöschen oder ein für alle Mal Judäa und Samarien zu annektieren.« Bei der Vorstellung, dass sie und Großvater durch die ganze Welt reisen und sich bei allen möglichen Antisemiten wie Jimmy Carter anbiedern müssen, um Vaters Freilassung zu erreichen, brach Großmutter fast in Tränen aus.

»Wenn du fährst, komme ich mit«, sagte Mutter leise, in der Hoffnung, dass niemand sie hören würde, aber da sie neben Vaters gesundem Ohr saß, hörte er sie und freute sich, dass sie mitkommen wollte, weil er sich – offen gestanden – ein wenig fürchtete, allein die feindliche Grenze zu überschreiten, und dann sagte ich, ich wolle auch mitkommen, weil ich nicht jeden Tag die Gelegenheit hätte, den bekanntesten Olivenzüchter des Nahen Ostens kennenzulernen, und Großmutter verkündete, ihre Enkel würden nur über ihre Leiche dorthinfahren, doch am Ende war es nicht nötig, sie zu töten, damit wir mitfahren durften, denn Dr. Uda versicherte, es werde uns »kein Haar gekrümmt«. Er benutzte diesen Ausdruck, weil er uns wie alle arabischen Akademiker nicht nur beweisen musste, dass sein Hebräisch besser ist als unser Arabisch – was nicht schwer ist, da meine Familie kein Arabisch spricht –, sondern auch, dass er ein besseres Hebräisch spricht als wir selbst.

Aber das gepflegte Hebräisch des Dr. Uda machte keinen Eindruck auf Großmutter, denn sie konnte eine lange Liste arabischer Versprechen von der Gründung des Staates Israel bis zur Gegenwart aufzählen, die nicht gehalten worden waren.

»Ich meine damit natürlich nicht Sie, schließlich sind Sie ein Doktor, und ich bin die Letzte, die akademische Titel nicht respektiert. Wo haben Sie eigentlich den Doktortitel her, von der Universität Birzeit?«, fragte Großmutter von oben herab, und er antwortete, von Harvard, und sie musste einen Moment überlegen, was sie sagen sollte, weil die Antwort sie überraschte, doch sie fasste sich ziemlich schnell und bat ihn, ihr einmal ganz ehrlich, Hand aufs Herz, zu sagen, was ein Vertrag wert sei, der von Arabern unterzeichnet werde. »Damit meine ich nicht Sie, aber finden Sie nicht auch, dass so ein Vertrag nicht mehr als ein Fetzen Papier ist?«

Dr. Uda schwieg, und Großmutter sagte: »Sehen Sie, darauf haben Sie keine Antwort«, und wie könne sie sich dann auf sein Ehrenwort verlassen, dass er unsere persönliche Sicherheit garantieren werde, auch wenn er selbst die ehrliche Absicht habe, sein Versprechen zu halten. »Können Sie die Hamas kontrollieren? Oder den Islamischen Dschihad? Die Schabab? Herr Doktor, das Problem ist doch nicht das Versprechen, sondern dessen Erfüllung. Versprechen kosten nichts, jeder kann versprechen, was er will, aber wer erfüllt sein Versprechen? Wer erfüllt es, das möchte ich von Ihnen wissen, wer erfüllt es? Abu … nein, nicht Abu Amar, der andere, Abu Seiden … Nein … Na, wie heißt er noch, euer Präsident?«

»Abu Masen«, sagte Dr. Uda.

»Richtig, genau der. Hat er etwa nicht versprochen, dass der Terror aufhört?«

Dr. Uda murmelte, dass offenbar nur die Juden ihre Versprechen hielten, und Großmutter erwiderte, das wisse sie nicht, doch bei ihrer Frage gehe es um die Araber, und Dr. Uda schwieg, und Vater, der im Grunde seines Herzens seiner Mutter völlig recht gab, entschuldigte sich später während der Fahrt zum Dorf bei dem Arzt und erklärte ihm, dass Großmutters ganze Familie im Holocaust umgekommen sei (was nicht stimmt, weil unsere Großmutter väterlicherseits aus einer Familie stammt, die seit drei Generationen in Israel lebt), und deshalb müsse man versuchen, sie zu verstehen, weil sie in der ständigen Angst vor einem zweiten Holocaust lebe, und Dr. Uda sagte, er wisse ja, dass die Hälfte der Israelis ihre Familie im Holocaust verloren habe und die andere Hälfte mit den Leuten verwandt sei, die auf der *Altalena* gefallen seien, und auf diese Bemerkung antwortete Vater nicht, weil es unklug wäre, sich mit einem Palästinenser auf eine politische Diskussion einzulassen, während man im Begriff war, in eine A-Zone zu fahren, sofern man ein Interesse daran hatte, die besetzten Gebiete am Ende des Tages heil und gesund zu verlassen.

Doch jetzt gingen wir schon durch die schmutzigen Gassen des Dorfes, und Vater versuchte, Mutter zu beruhigen, war aber selbst nervös wegen des Menschenauflaufs und der Kinder, die hinter uns herliefen. Sie zeigten auf Vater und riefen ihm alles Mögliche zu, und da ich der Einzige in der Familie bin, der in der

Schule Arabisch gelernt hat, hörte ich genau hin. Ich wusste, dass wir weglaufen mussten, wenn die Parole »Schlachtet die Juden« ertönte, doch zu unserer Überraschung blieb dieser Schlachtruf aus, und die Zurufe galten hauptsächlich Vaters Olivenbaum und wurden ab einem bestimmten Moment durch Kommentare wie »Abu Seitun« und »Ras el Seitun« abgelöst. Der Baum ragte inzwischen deutlich sichtbar aus Vaters Ohr hervor, man konnte ihn nicht mehr verdecken. Er war auch schwer geworden, sodass Vater – trotz seiner natürlichen Neigung zur Rechten – stark nach links gekrümmt ging. Einige Tage vor der Fahrt zum Dorf hatte er mit seinem Freund Ofer, einem Bauingenieur, zusammengesessen, um eine Vorrichtung zu planen, die Vaters Kopf von links stützen sollte, doch die Vorrichtung war noch nicht fertig und Vater musste vorläufig ohne sie zurechtkommen.

Abu Rudjum, der uns an der Tür erwartete, verscheuchte die Neugierigen, weil er Ruhe brauchte, um Vaters Baum zu untersuchen. Wir setzten uns auf die Veranda und seine Frau brachte Tee und Kaffee, die wir wegen all der Geschichten über Araber, die Juden vergiften, vorsichtshalber nicht anrührten, aber nachdem Dr. Uda seinen Kaffee getrunken hatte und noch am Leben war, tranken auch wir Tee und Kaffee.

Danach bat Abu Rudjum Vater, sich auf den Tisch zu legen, lächelte in sich hinein und sagte auf Arabisch, auf diesen Augenblick habe er sein ganzes Leben lang gewartet, doch er habe nicht geglaubt, dass so ein Fall auch bei Juden vorkommen könne, und Vater legte sich hin und Abu Rudjum untersuchte den Baum, befühlte und beroch ihn, leckte an den Blättern und riss sogar mit einer schnellen Bewegung einen Zweig ab, ohne sich durch Vaters Aufschrei aus der Ruhe bringen zu lassen. Dann versank er in Gedanken und fragte Vater schließlich mit Hilfe von Dr. Uda, ob ihm in letzter Zeit zufällig ein Olivenkern im Hals stecken geblieben sei, und wir erinnerten uns natürlich alle daran, dass er sich bei der Olivendiät an einem Olivenkern verschluckt hatte, und Abu Rudjum lächelte wieder in sich hinein und dachte wieder eine Weile nach, bis die friedliche Stille durch ein Knallen durchbrochen wurde, das uns erschreckt hochfahren ließ. Abu Rudjum deklamierte auf Hebräisch: »Wenn Golani-Schüsse krachen, hat Tulkarem nichts zu lachen«, und da wussten wir, dass die Golani-Brigade in der Nähe war und für Ordnung sorgte, und wir fühlten uns etwas sicherer und dann wurde es wieder still, bis Abu Rudjum Vater fragte, wie er sich fühle, und Vater sagte, ausgezeichnet, bis auf die Tatsache, dass sein Kopf auf der linken Seite so schwer sei, denn in jeder anderen Beziehung sei ihm, seit der Baum in seinem Ohr zu wachsen begann, so etwas wie ein medizinisches Wunder geschehen. Bei den zig ärztlichen Untersuchungen, denen er sich in der letzten Zeit unterziehen musste, hatte sich herausgestellt, dass er den größten Teil seines überflüssigen Fetts abgebaut hatte, dass seine Muskeln und Gewebe viel kräftiger geworden und die Anteile des schädlichen Cholesterins gesunken waren. Sogar die Glukosekonzentration im Blut, die vorher beträchtlich gestiegen war, hatte sich in den letzten Tagen normalisiert, und seine Herz- und Lungenfunktionen glichen denen eines jungen Mannes in der Blüte seiner Jahre.

Abu Rudjum lauschte Vater mit den Augen, indem er ihm direkt auf die Lippen schaute, und hörte sich danach die arabische Übersetzung von Dr. Uda an und nickte die ganze Zeit mit dem Kopf, während Vater sprach und Dr. Uda dolmetschte, als kenne er diese Geschichte seit langer Zeit.

»Das kommt von dem Baum«, erklärte Abu Rudjum, während Dr. Uda übersetzte, »er hat Heilkräfte und macht Ihren Körper gesund.«

Vater sagte, er zöge einen weniger gesunden Körper ohne Baum einem perfekten Gesundheitszustand mit Baum vor, und darauf meinte Abu Rudjum, man könne den Kuchen nicht essen und ihn behalten, worauf Vater erwiderte, er wolle ja nur den Kuchen behalten, den er hatte, bevor sich der Baum in seinem Kopf ansiedelte, obwohl sein Leben auch vorher kein reines Idyll gewesen sei.

Abu Rudjum hörte zu und nickte verständnisvoll, und nachdem er die arabische Übersetzung gehört hatte, dachte er darüber nach und erklärte dann, man könne das Rad nicht zurückdrehen, und Vater sagte, er wolle ja nicht das Rad zurückdrehen, sondern nur dieses Gewächs loswerden, und Abu Rudjum sagte, der Olivenbaum sei hartnäckig und dringe in jede Spalte und Ritze ein, und wenn er in der Erde Wurzel geschlagen habe, könne man ihn ausreißen, doch wenn er sich im Kopf eines Menschen festsetze, gebe es keine Lösung.

»Was soll ich denn machen?«, fragte Vater entsetzt.

»Lernen, mit dem Baum zu leben, so wie er gelernt hat, mit Ihnen zu leben.«

»Und wenn ich nicht lernen will, mit ihm zu leben?«

»Wenn Sie nicht lernen, mit ihm zu leben, wird es schlimm enden, sogar sehr schlimm.«

»Was kann denn noch schlimmer werden, als es jetzt ist?«, wandte Vater ein.

»Sie wissen nichts über diesen Baum, wenn Sie so reden.«

»Woher weiß er das alles?«, fragte Vater Dr. Uda, und nachdem Abu Rudjum diese Frage übersetzt wurde, antwortete er, Vater sei nicht der erste Fall, es habe noch andere gegeben, denen ein Olivenbaum im Kopf gewachsen sei.

»Bin ich nicht der erste Fall?«, fragte Vater enttäuscht, denn wenn der Araber seine Behauptung beweisen konnte und nicht nur orientalische Märchen erzählte, so waren damit, wie mir in dem Moment ebenfalls klar wurde, Vaters Chancen, ins *Guinness-Buch der Rekorde* aufgenommen zu werden, endgültig auf null gesunken.

»Nein«, erwiderte Abu Rudjum, »das hat es schon vor Ihnen gegeben«, und er schwieg einen Moment, als wolle er sein Gedächtnis auffrischen, und fuhr fort: »Der erste bekannte Fall geht auf die Mameluken-Ära zurück und ist nicht weit von hier geschehen. Wir nennen den Mann Ras el Seitun oder Olivenkopf den Ersten. Vielleicht gab es andere vor ihm, doch er ist der erste Fall, der überliefert ist.«

»Was ist mit ihm geschehen?«, fragte Vater.

»Er wollte nicht lernen, mit dem Baum zu leben,

und wehrte sich mit aller Kraft dagegen, und das war ein großer Fehler. Der Baum wuchs und wuchs, bis ...« Abu Rudjum hielt inne und warf Dr. Uda einen besorgten Blick zu.

»Bis was?«, drängte Vater Dr. Uda.

»Das ist eine böse Geschichte«, sagte Dr. Uda, nachdem er die Antwort des Fellachen gehört hatte.

»Ich will sie hören«, sagte Vater entschlossen, und Abu Rudjum mischte sich in das Gespräch zwischen Vater und Dr. Uda ein und fragte vorsichtig: »Wissen Sie, was passiert, wenn man einen Baumsetzling in einen kleinen Topf pflanzt?«

»Er wächst, bis man ihn in einen größeren Topf oder in die Erde umpflanzt«, antwortete Vater.

»Und wenn man ihn nicht umpflanzt?«

Vater schwieg und sah vermutlich vor seinem geistigen Auge eine Reihe von geborstenen Blumentöpfen, die zu klein für die darin gepflanzten Bäume geworden waren.

»Ist ihm der Kopf geplatzt?«, fragte Vater entsetzt, nachdem ihm die Bedeutung dieser Vorstellung klar geworden war.

»Anfangs hatte er seltsame Wunden, die wie kleine Sprünge aussahen, doch später wuchsen ihm Wurzeln aus jeder Körperöffnung heraus.« Abu Rudjum verstummte und fuhr nach längerem Zögern fort. »Auch aus den unteren Öffnungen.«

»Vorne und hinten?«, fragte Vater verzweifelt, und Mutter flüsterte ihm zu: »Darauf kommt es dann auch nicht mehr an. Ist das jetzt wirklich so wichtig?« Und er flüsterte zurück, dass es sehr wohl darauf ankomme und dass es ihm sehr wichtig sei, und sie solle sich bitte nicht einmischen, weil es aus arabischer Sicht seinem Ansehen schaden werde, wenn sie ihm solche Vorhaltungen mache, und Abu Rudjum antwortete: »Ja, die Wurzeln kamen aus der vorderen und aus der hinteren Öffnung heraus.«

»Großer Gott«, flüsterte Mutter, der anscheinend in solchen Augenblicken nur Gott, an den sie nicht glaubt, noch helfen konnte, »was für ein Albtraum!«

»Aber es muss nicht so enden«, versuchte Abu Rudjum sie zu trösten.

»Und wie ging der zweite Fall aus?«, fragte Vater, der offenbar schon jenseits der Verzweiflung war.

»Die Dorfältesten beschlossen, ihm das Schicksal seines Vorgängers zu ersparen, und rissen das Pflänzchen aus, als es noch klein war.«

»Und dann?«, flüsterte Vater, dem nicht anzusehen war, ob er die Antwort wirklich hören wollte.

»Mit den Wurzeln wurden auch Teile des Gehirns aus dem Kopf gerissen, und von da an ging er rückwärts und redete auch von hinten nach vorn, sodass ihn niemand mehr verstand. Es gibt Spaßvögel, die behaupten, er habe damit die ganze Bevölkerung dieses Landes beeinflusst, und seitdem gingen die Palästinenser nur noch rückwärts.«

Er kicherte und sah zu dem riesigen Olivenbaum hinüber, der im Hof wuchs, und sagte, das sei der Baum, den man vor dreihundert Jahren aus dem Kopf von Ras el Seitun dem Zweiten ausgerissen habe.

»Gab es hier vor dreihundert Jahren schon Araber?«, fragte Mutter, die diese Bemerkung nicht mit ihrer Auffassung vereinen konnte, dass im Zuge der Gründung einer jüdischen Heimstätte in Palästina ein Volk ohne Land in ein Land ohne Volk zurückgekehrt war, doch Dr. Uda warf Abu Rudjum nur einen vielsagenden Blick zu und übersetzte ihm die Frage nicht.

»Das sind also die beiden Möglichkeiten, die sich mir bieten?«, fragte Vater in einem Ton, als sei die Erörterung dieses Themas damit abgeschlossen.

»Es gibt noch eine Möglichkeit«, sagte der Fellache, »wie ich Ihnen schon sagte, können Sie auch lernen, mit ihm zu leben, so wie er gelernt hat, mit Ihnen zu leben. Wenn Sie dem Baum zuhören und auf ihn eingehen, wird er nur so groß werden, dass er in Ihren Kopf passt.«

»Woher will er das wissen?«, fragte Vater Dr. Uda, »vor einer Minute hat er mir von zwei Fällen erzählt, die auf grausige Weise endeten …«

»Wir hatten auch einen dritten Fall«, sagte Abu Rudjum, nachdem ihm die Frage übersetzt worden war und er seine Frau ins Haus geschickt hatte, um etwas zu holen. Die Frau kam mit einem alten, vergilbten Foto im Silberrahmen zurück. Es zeigte einen alten Mann, aus dessen Ohr ein Olivenbaum wuchs, der etwas größer als Vaters Baum war.

»Diese Aufnahme hat Henry Baker Tristram vor hundertfünfzig Jahren gemacht«, erzahlte Abu Rudjum mit sichtlichem Stolz, »das einzige Foto, das auf der Welt existiert. Es kamen Leute aus Großbritannien und wollten das Bild für das Durham-Museum haben, aber wir haben es ihnen nicht gegeben. Es war das erste Foto von einem unserer Dorfbewohner, vielleicht auch das erste von einem Araber aus Palästina und ganz sicher das erste Foto der Welt, auf dem ein Mann mit einem Olivenbaum im Kopf zu sehen ist.« Doch die größte Überraschung hatte er sich bis zum Schluss aufgehoben. Er sagte, dass der Mann auf dem Foto der Urgroßvater des Urgroßvaters von Dr. Uda sei, worauf Dr. Uda das Foto in die Hand nahm und es gerührt betrachtete.

»Als Tristram die Aufnahme machte, war dieser Baum schon fünfzehn Jahre alt und wuchs nicht mehr, sondern blieb so, bis Ras el Seitun der Dritte mit zweiundneunzig Jahren starb, aber auch dann nicht an einer Krankheit, sondern infolge eines Unfalls.«

»Wollen Sie etwa damit sagen, dass ich mit dem Baum im Ohr herumlaufen soll, bis ich hundert Jahre alt bin?«, fragte Vater in deutlich feindseligem Ton, und nachdem Dr. Uda die Frage übersetzt hatte, sah Abu Rudjum in die Ferne und sagte mit trauriger Stimme, dass nicht wenige Leute mit viel schlimmeren Dingen herumlaufen, mit Krebs im Darm oder bösen Gedanken im Herzen oder Albträumen oder Hoffnungen, die niemals in Erfüllung gehen … »Glauben Sie mir, es könnte schlimmer sein.«

11. *»Und alles wird wieder sein, als sei nichts geschehen«*

Erwachsene haben zwei Methoden, um Kinder zu beruhigen, wenn ihnen etwas Schlimmes passiert ist. Die erste lautet: »Es hätte viel schlimmer sein können«, und die zweite, die entweder für sich stehen kann oder die erste ergänzt: »Das ist gar nichts im Vergleich zu dem, was mir passiert ist.«

So klettert zum Beispiel ein Junge auf ein hohes Bücherregal, um einen Teddy herunterzuholen, der irgendwie dort hingeraten ist, und als er das vierte (oder vorvorletzte) Bord erreicht, fällt ihm ein Buch auf den Kopf, er fängt an zu weinen, seine Mutter kommt angelaufen, pflückt ihn von dem bedrohlich wackelnden Regal, das ihr schludriger Mann nicht an die Wand geschraubt hat, und obwohl sie ihn umarmt und tröstet, schreit er weiter und behauptet, es täte ihm weh, und als sie das Geschrei leid ist, greift sie zu Methode Nummer eins und sagt, er könne von Glück sagen, dass ihm nur ein Buch auf den Kopf gefallen sei anstatt des ganzen Regals, das ihn unter sich begraben hätte, wenn es umgekippt wäre, und es hätte noch viel schlimmer kommen können, und deshalb solle er dankbar sein und mit der Heulerei aufhören und einen Freudentanz aufführen. Noch ein Beispiel: Ein Kind schiebt einen Stuhl ans Balkongeländer, steigt darauf, verliert das Gleichgewicht, fällt nach hinten auf den Boden und schlägt sich den Kopf auf. Es wird natürlich vor Schmerz schreien, doch sein Vater tröstet es mit der Bemerkung, es wäre weitaus schlimmer gewesen, wenn es statt nach hinten nach vorn gefallen und acht Stockwerke tief in seinen sicheren Tod gestürzt wäre. »Sei froh, dass du noch am Leben bist und fühlen kannst, dass es dir wehtut.«

Nun bringen aber solche Trostworte den plärrenden Plagegeist häufig nicht zum Schweigen, sondern jagen ihm im Gegenteil einen noch größeren Schrecken ein, und in diesem Fall gehen die Erwachsenen zur vergleichenden Methode über: Sie krempeln einen Ärmel hoch oder lassen die Hose herunter oder lüften das Hemd und zeigen dem Kind eine alte, hässliche Narbe und erzählen ihm, wie sie sich den Arm, das Bein oder den Bauch verletzt haben, als sie über einen rostigen Nagel gestolpert sind, oder wie sie sich bei einem tödlichen Unfall, bei dem alle anderen Wageninsassen ungekommen sind, die Hüfte gebrochen haben oder wie so ein verfluchter Scharfschütze der Hisbollah-Miliz aus nächster Nähe auf sie geschossen und ihr Herz nur um einen Millimeter verfehlt hat. In dieser Phase hört das Kind meistens schon fasziniert zu, und das ist der richtige Moment, ihm zu erklären, dass sein Schmerz gar nichts sei im Vergleich zu dem Schmerz, den man damals empfunden habe, rein gar nichts, null und nichtig, und wenn man einen so großen Schmerz überstanden und wieder vergessen hat, bis auf die Augenblicke, in denen man sich daran erinnert, um diesen Vergleich anzustellen, wird ein so kleiner, unbedeutender Schmerz, wie das Kind ihn empfindet, noch viel schneller vergehen, also solle es aufhören zu schreien, denn inzwischen erinnere sowieso nur noch das Geheule daran, dass es ihm wehtue.

Obwohl diese beiden Methoden im Allgemeinen nicht beruhigend auf Kinder wirken, deren Schmerzen so viel geringer sind als die von den Erwachsenen in ihrer Kindheit erlittenen Schmerzen, werden sie seit Urzeiten und bis auf den heutigen Tag immer wieder angewendet, woraus man folgern kann, dass niemand aus der Geschichte lernt, denn sonst würden die Erwachsenen sich daran erinnern, dass sie sich als Kinder auch nicht mit diesen Methoden trösten ließen, und stattdessen andere Mittel zur Beruhigung von Kindern erfinden, die sich wehgetan haben.

Doch wenn ich es recht bedenke, können die beiden Methoden auch weiterentwickelt werden, indem man den Zukunftsfaktor einbaut: »Es kann noch viel schlimmer werden«, oder: »Was dir passiert ist, ist nichts im Vergleich dazu, was mir/uns allen/der ganzen Welt in Zukunft passieren wird.« Diese Möglichkeit wurde mir klar, als wir mit Großvater und Großmutter zum Bäumepflanzen in die besetzten Gebiete fuhren. Die Zeremonie sollte irgendwo an der Grenze zwischen einer A- und B-Zone oder vielleicht zwischen einer B- und C-Zone stattfinden. All diese Aufteilungen unseres geliebten Landes Israel sind etwas verwirrend, und statt die alten engen Grenzen einfach aufzuheben, werden ständig neue Grenzlinien und Zonen und Trennzäune geschaffen. Jedenfalls versuchte Großvater bei dieser Fahrt, Vater mit eben dieser Fortentwicklung der ersten beiden Methoden zu trösten. Er schilderte ihm die düstere Zukunft, die uns in einigen hundert Milliarden Jahren bevorsteht: Die Erde wird sich abkühlen, die Eiskappen des Nord- und Südpols werden sich ausdehnen, eine mehrere hundert Meter dicke Eisschicht wird im Vorrücken alles überrollen, was sich ihr in den Weg stellt. Sogar die Riesenstädte mit ihren Wolkenkratzern, wie New York und Chicago, werden plattgewalzt und zermalmt wie Termitenhügel unter einem riesigen Bulldozer. Die wenigen Menschen, die den Gletschervormarsch überleben, der mindestens zwei Drittel der Erde erfasst, werden sich am Äquator zusammendrängen, weil dort das Klima noch halbwegs annehmbar ist, doch die Enge, in der die Flüchtlinge leben müssen, wird bald unerträglich sein. Seuchen und Kriege werden ausbrechen, weil dieses begrenzte Gebiet nicht für alle reicht, und wenn sich am Ende ein gewisses ökologisches Gleichgewicht einstellt und die Menschen endlich aufatmen können, beginnt eine neue Epoche der Erderwärmung. Die Eisberge werden schmelzen, die Ozeane ganze Landstriche überschwemmen, und das ist noch gar nichts, denn in ein paar Milliarden Jahren wird infolge der Ausdehnung der Sonne eine furchtbare Hitzewelle beginnen. Die Temperaturen werden allmählich auf fünfzig bis sechzig Grad und mehr ansteigen, und das Festland wird sich in einen Schmelzofen verwandeln. Der Himmel wird eine graugelbliche Farbe annehmen, der Sauerstoff wird immer dünner werden. Wie unsere Ahnen vor Hunderten Millionen Jahren vom Meer aufs Festland wechselten und sich aus Fischen, Insekten und Reptilien zu Säugetieren entwickelten, so wird in der zukünftigen Epoche, die Großvater beschreibt, eine umgekehrte Wanderung vom Festland zum Meer stattfinden, und es werden nur diejenigen überleben, die sich an eine maritime Lebensform anpassen. Als Erste werden Säugetiere und Pflanzen aussterben, danach Vögel und Reptilien und zuletzt alle anderen Arten. Auf der schmalen Grenze zwischen Meer und verödetem Festland werden sich einige robuste Arten von Weichtieren, die nur zur Nahrungsbeschaffung und Fortpflanzung an Land gehen und danach wieder ins Wasser oder in feuchte Felsspalten zurückkehren, noch eine Weile halten können.

Aber auch diese glühende Hölle wird nicht lange existieren, denn mit der Sonnenausdehnung wird die Hitze weiter steigen, die Ozeane werden schnell verdunsten und sehr bald, nach wenigen Milliarden Jahren, nur Basalt- und Salzwüsten hinterlassen. Die letzten überlebenden Organismen werden verschiedene Arten von einzelligen Algen sein, mit denen vor undenklichen Zeiten die Entwicklung des Lebens begonnen hat, wie die Stromatolithen und die Acritarcha. »Das ist wie in der Histadrut«, sagte Großvater, »das Prinzip des Artensterbens auf der Erde gleicht dem Prinzip der Entlassungen in der Ära der Gewerkschaftsdinosaurier, als die Mapai die Histadrut und die Regierung noch beherrschte – der Letzte, der eingestellt wurde, wurde als Erster entlassen, ohne Rücksicht auf Intelligenz, Bildung oder Begabung, nur das Dienstalter zählte.«

Er blickte in die Runde, um zu sehen, was für einen Eindruck seine düsteren Zukunftsprognosen auf uns gemacht hatten, und konnte feststellen, dass es ihm gelungen war, uns allen – außer Vater, der vorher schon deprimiert gewesen war – die Laune gründlich zu verderben.

»Warum erzählst du uns an einem so festlichen Tag lauter schreckliche Geschichten?«, fragte Großmutter.

»Um die Dinge auf ihre richtige Dimension zurückzuführen«, antwortete Großvater und sah zu Vater hinüber, der hinten am offenen Fenster saß, damit sein Baum genug Platz hatte, weil er in den Wagen nicht mehr hineinpasste.

»Wenn die ganze Welt untergeht«, fragte Noga zögernd, »warum sollen wir dann noch Bäume pflanzen?«

»Um zu beweisen, dass dieses Land uns gehört und nicht ihnen«, antwortete Großmutter, die überall hinfuhr, wenn es galt, den hirnrissigen Rückzug Israels aus den besetzten Gebieten zu stoppen, der von der defätistischen Bande der Zentrums- und Arbeitspartei angeführt wurde.

»Aber was bringt das, wenn die Sonne sowieso alles verbrennt?«, beharrte Noga, und Großmutter sagte, es sei egal, was die Sonne mache, wichtig sei nur, was die Juden machten, »und wenn wir viele Bäume in Israel pflanzen, haben wir auch mehr Schatten, der uns vor der Hitze der Sonnenausdehnung schützt.«

Noga sah Großvater an, als erwartete sie eine Bestätigung von Großmutters ökologischer These, doch Großvater schüttelte nur verächtlich den Kopf und sagte, man solle den Kindern keinen Blödsinn erzählen, und Großmutter schlug eine andere Taktik ein und erklärte, dass Großvater von Ereignissen rede, die in Trillionen Jahren stattfinden würden, und dass es uns nur darauf ankomme, was mit den kommenden Generationen geschehe, das heißt mit Nogalein und Nogaleins Kindern und Nogaleins Enkeln und Urenkeln und Ururenkeln, und dieser Zeitraum umfasse nicht einmal die nächsten zweihundert Jahre, daher brauche man sich keine Sorgen über Dinge zu machen, die so viele Jahre danach geschehen würden. »Und es gibt noch einen Grund«, fuhr Großmutter fort, »wenn wir den Ort, zu dem wir jetzt fahren, nicht behalten, haben unsere Nachkommen keinen Platz mehr in unserem Land, und ein richtiges Volk, das Stolz und Selbstachtung hat, verzichtet nicht auf die Heimat seiner Väter.«

»Aber die Sonne wird trotzdem alles verbrennen«, wandte Noga ein, und Großmutter sah ihren Mann böse an und sagte, wenn ein Narr einen Stein in den Brunnen werfe, könnten hundert Weise ihn nicht herausholen, und warum er seiner Enkelin diesen Unsinn in den Kopf setzen müsse, »ausgerechnet jetzt, kurz vor der Zeremonie, soll sie sich Sorgen über etwas machen, was nach der nächsten Sintflut passiert?«

»Hier sitzt ein Mann, der zufällig dein Sohn ist, mit einer Leidensmiene, als sei die Welt untergegangen, und ich habe, wie gesagt, nur versucht, seine schlechte Stimmung in Relation zu größeren Zusammenhängen zu setzen. Ein Baum im Ohr ist nicht das Ende der Welt und es kündet auch nicht das Weltenende an. Die Menschheit und unser Planet werden noch Zehntausende von Jahren blühen und gedeihen, und außerdem«, wandte sich Großvater an die besorgte Noga, »wird aller Voraussicht nach unsere Zivilisation bis zum Eintreten dieser Katastrophen ein so hohes technologisches Niveau erreichen, dass Menschen sich auf anderen Planeten außerhalb unseres Sonnensystems ansiedeln können.«

»Nehmen wir unser Land dann mit?«, fragte Noga.

»Wenn wir andere Planeten besiedeln, brauchen wir dieses Land nicht mehr. Die Araber können sich ihr ganzes Palästina einverleiben, bis es ihnen im Hals stecken bleibt.«

Großvaters Antwort hob unsere Stimmung ein wenig, doch dann erwachte Vater, der bisher geschwiegen hatte, plötzlich wieder zum Leben und fragte seinen Vater, warum er glaube, dass der Weltuntergang in fünfhundert Milliarden Jahren ihn trösten könne. Was habe er mit der Ewigkeit zu tun?

»Das ist keine Ewigkeit«, wandte Großvater ein.

»Für mich ist es die Ewigkeit«, sagte Vater.

»Du wirst dich wundern, wie schnell vom Standpunkt der Wissenschaft aus diese Zeit vergeht«, sagte Großvater, »hundert Millionen Jahre sind nicht mal ein Wimpernschlag, wenn man in kosmischen Zeiträumen denkt.«

»Dein kosmischer Wimpernschlag interessiert mich einen Scheißdreck«, sagte Vater, und die Blätter seines Olivenbaums begannen zu zittern.

»Interessieren deine Kinder dich nicht?«, fragte Großmutter misstrauisch.

»Natürlich interessieren sie mich«, sagte Vater, »und das gilt auch für ihre Kinder und ihre Ururenkel. Aber darüber hinaus kann ich mir keine Gedanken machen, also erwartet nicht von mir, dass die Ausdehnung der Sonne mir den Schlaf raubt.«

»Es gibt noch andere Katastrophen, die zeitlich näher liegen, wenn dich das tröstet«, versuchte Großvater, Vater aufzuheitern, »zum Beispiel die Kollision des Kometen Swift-Tuttle mit der Erde am 21. August 2126. Weißt du, was dann passiert?«

»Boas«, fiel Großmutter ihm warnend ins Wort, doch er war schon in Trance und schilderte begeistert, wie dieser riesige Himmelskörper, eine Billion Tonnen Eis und Gestein, mit einer Geschwindigkeit von sechzigtausend Stundenkilometern, das heißt fünfzehn Kilometern pro Sekunde, auf die Erde zurast. »Könnt ihr euch diese Geschwindigkeit vorstellen? Das ist so, als würde man die Entfernung von Metulla nach Eilat in etwa sechsundzwanzig Sekunden zurücklegen. Und wenn der Komet mit dieser fantastischen Geschwindigkeit in die Atmosphäre eindringt, zerschneidet er den Himmel und verdrängt Tausende von Kubikkilometern Luft und erzeugt Stürme, gegen die alle bisher bekannten Hurrikane eine sanfte Brise sind, und ein paar Sekunden später schlägt der Komet auf der Erde ein und erschüttert sie mit der Wucht von zehntausend Erdbeben, die jeder Richter-Skala spotten, und die Druckwelle, die über unseren Planeten hinwegfegt, wird alles mit sich reißen, nichts bleibt mehr stehen. Nichts! Keine Häuser, keine Bäume, keine Masten, keine Dämme, und wenn bis dahin die Ölquellen noch nicht erschöpft sind, werden Öltanker wie Papierflieger durch die Luft geschleudert, und durch den Aufprall entsteht ein riesiger Krater, und die umgebenden Landmassen werden nach oben gepresst und bilden rings um den Krater einen Kranz von siedend heißen, kilometerhohen Bergen ...«

»Und das soll mir ein Trost sein?«, schrie Vater und die Blätter seines Olivenbaums raschelten, als fege ein Sturmwind durch den Wagen.

»Wenn die ganze Welt vernichtet wird und niemand sich beklagt, solltest du auch in der Lage sein, mit deinem kleinen Problem fertig zu werden, begreifst du das nicht?«

»Ich habe jetzt einen Baum im Ohr, verdammt noch mal, was interessiert es mich, dass in zweihundert Jahren irgendein Komet den Globus kaputt macht?«

»In hundert Jahren«, sagte Großvater aufmunternd, und Vater schrie: »Umso besser!«, und rang nach Luft, als würde er ersticken, und die Zweige des Olivenbaums krümmten sich, als hätten sie einen Herzanfall oder Ähnliches, und Mutter erinnerte Vater an Abu Rudjums Warnung, er dürfe sich nicht aufregen, weil das der Gesundheit des Baums schade, und Vater atmete tief ein und zwang sich zur Ruhe, denn das hätte ihm gerade noch gefehlt, ein Baum im Ohr, der ihm böse ist.

Im Auto wurde es still, und ich musste an ein Gedicht von Bialik denken, das wir wegen der blöden Literaturlehrerin teilweise auswendig lernen mussten, weil Gott unser Gebet, sie möge bei einem Terroranschlag umkommen, nicht erhört hatte, und ich fand, dass eine Zeile aus dem Gedicht, »Und alles wird wieder sein, als sei nichts geschehen«, genau zu Großvaters schrecklichen Beschreibungen passte, obwohl Bialiks Absicht umgekehrt war, denn bei ihm passiert erst eine furchtbare Katastrophe und danach kehrt das Leben in seine gewohnten Bahnen zurück, als sei nichts passiert, während bei uns laut Großvater die Dinge ganz normal verlaufen, bis die Katastrophe alles über den Haufen wirft und nichts mehr so sein wird wie vorher, und wenn man das bedenkt, ist die Lage, von der unser Nationaldichter spricht, immer noch besser, denn bei ihm weiß man wenigstens, dass die Zeit letzten Endes alle Wunden heilt und das Pogrom in Vergessenheit geraten wird, und bei Großvater wird es nur immer schlimmer, bis nichts mehr übrig ist, und da stellt sich die Frage, wofür wir das alles brauchen, das heißt dieses ganze Leben, Nogas Barbiepuppen, das neue Service, das Mutter so gern kaufen möchte, meine Sammlung von Retroplatten, und warum Kanal 10 so viel Geld für diese Realityshows mit den Überlebenskünstlern auf den Pearl Islands ausgibt, obwohl wir nicht die geringste Chance haben, die Katastrophen zu überleben, die uns tatsächlich bevorstehen, und wozu wir uns anstrengen, Gedichte von Bialik auswendig zu lernen? Und wenn es uns trotzdem gelingt, rechtzeitig zu fliehen und uns auf einem anderen Stern anzusiedeln, warum streiten wir dann mit den Palästinensern um jedes Stück Land, als gebe es nur die Alternative »Wir oder sie«, während den Wissenschaftlern schon klar ist, dass weder wir noch sie es behalten können?

Und bevor mir von all diesen Gedanken endgültig schwindlig wurde, kamen wir auf dem Gelände an, auf dem die Bäume gepflanzt werden sollten, und parkten am Rand, wo auch die anderen ihre Autos abgestellt hatten, und die Gruppenleiter verteilten die Familien zwischen den Gruben, die schon ausgehoben waren, und viele Leute glaubten, Vater habe Olivenzweige an seinem Kopf befestigt, um unsere starke Beziehung zu diesem Land zu symbolisieren, und kamen gar nicht auf die Idee, dass es sich um ein medizinisches Problem handeln könnte, und am Anfang gab es die üblichen Reden über die ewigen Bande zwischen dem Volk Israel und dem Land Israel und über die Heiligkeit der Erde, auf der die Erzväter wandelten, und die Unmöglichkeit, Teile dieses Landes in fremde Hände zu geben, weil das so wäre, als risse man der Mutter, die uns getragen und ernährt hat, das Fleisch vom Leibe, und nach den Reden fing das Pflanzen an und Vater, der todmüde und aus verständlichen Gründen vom Bäumepflanzen befreit war, sagte zu Mutter, er werde sich irgendwo abseits ein wenig ausruhen, und wir sahen, dass er sich in einiger Entfernung von uns niederließ, die rechte baumfreie Seite des Kopfes auf den Boden legte und einschlief.

Inzwischen pflanzten und feierten wir, und danach wurde gegrillt und gesungen und getanzt, und wir zogen die Feier in die Länge, damit die Armee anrücken und uns auffordern konnte, das Terrain zu räumen, das zu militärischem Sperrgebiet erklärt worden war. Als die Armee endlich kam, fingen Großmutter und ein paar andere Aktivisten an, mit den Soldaten zu streiten, und wir versuchten ihnen zu erklären, dass dieser Ort die Wiege unseres Volkes ist und dass wir nicht nur für uns hier stehen, sondern auch für sie, für die Soldaten, und dass man die Heimat nicht austauschen oder teilen kann, und wir hielten ihnen vor, dass ein Jude keinen Juden vertreibt, obwohl mir klar ist, dass Juden fast täglich andere Juden ausrauben und betrügen und umbringen, ganz zu schweigen von dem, was Juden manchmal Jüdinnen antun, was überhaupt ganz schrecklich ist, aber all das wollte ich Großmutter nicht sagen, die sich vor dem armen Offizier des Trupps aufgebaut hatte und ihn anschrie, wieso er sich nicht schäme, so mit einer Frau zu reden, die Enkel in seinem Alter habe, was natürlich übertrieben war, weil ihr ältester Enkel, das heißt ich, nicht mal dreizehn ist, und dann fiel mir gleich die Frage ein, ob eine Jüdin einen Juden anlügen darf, wenn er sie vertreiben will, auch wenn sich am Ende herausstellte, dass der Offizier Druse war, aber das konnte man nicht wissen, weil er Tamir hieß und genauso wie seine jüdischen Soldaten aussah.

Und schließlich, nach viel Geschrei und Diskussionen und Püffen und Flüchen, erklärten wir uns bereit, den Ort sofort zu verlassen, unter der Bedingung, dass der Druse weiter die Baumsetzlinge pflegte, doch bevor wir abfuhren, gingen wir los, um Vater zu holen, was den drusischen Offizier ärgerte, weil er schon per Funk gemeldet hatte, dass er die Lage unter Kontrolle habe, und glaubte, wir wollten ihn reinlegen.

Vater schlief so tief und fest, dass ihm der ganze Trubel entgangen war, und als Mutter ihn weckte und sagte, wir müssten los, die Party sei aus und das Militär sei auch schon da, öffnete er langsam die Augen, gähnte, lächelte uns an und wollte aufstehen – doch er konnte den Kopf nicht heben.

»Kannst du nicht aufstehen?«, fragte Mutter erschrocken.

»Nein. Ich habe das Gefühl, dass ich nicht vom Boden loskomme.«

»Vielleicht ist der Olivenbaum inzwischen etwas schwerer geworden«, erklärte Großvater und bot an, ihm zu helfen. Wir standen um den Olivenbaum herum und versuchten, daran zu ziehen, um Vater auf die Beine zu helfen, doch der Baum und Vater, der jetzt ziemlich besorgt aussah, rührten sich nicht vom Fleck.

Immer mehr Heimattreue ließen ihre Autos stehen und umringten Vater, und jeder schlug eine andere Lösung vor. Einer der Gruppenleiter, der Agronom war, fing an, vorsichtig um Vaters Kopf herum zu graben, entdeckte aber sehr bald, dass der Olivenbaum durch das bisher baumfreie Ohr Wurzeln geschlagen hatte und Vater daran hinderte, sich von der Erde zu lösen. Der Agronom teilte allen den neusten Stand der Dinge per Megafon mit, und die Heimattreuen klatschten stürmisch Beifall und reichten sich die Hände und bildeten einen engen Kreis um Vater.

Inzwischen kam der Offizier mit ein paar Soldaten und sagte zu Großmutter, sie hätten doch vorhin etwas ausgemacht, und Großmutter teilte ihm mit, dass angesichts der gegenwärtigen Entwicklungen alle Abmachungen null und nichtig seien, denn nun sei etwas geschehen, das wichtiger sei als sie und als er und als alle Politiker, und jetzt würden die Anhänger des Landes Israel diesen Ort nicht ohne ihren Sohn verlassen, und sie zeigte auf Vater, der am Boden festgewachsen war, und der Offizier warf einen Blick auf ihn und fragte, ob sie ihn auf den Arm nehmen wolle, und sie erklärte, dass sie es sehr ernst meine, wenn es um die Heimat gehe, und wenn er wolle, könne er die Sachlage selbst überprüfen. Der Offizier versuchte, an dem Baum zu ziehen, während die Umstehenden das schöne Lied *Reiß nicht aus, was du gepflanzet* sangen, doch noch mehr als das Singen beeindruckte den Offizier die Reaktion des Baumes, der wie wild seine Zweige schüttelte und mit den Blättern raschelte und mit dem Stamm zuckte, als hätte er einen epileptischen Anfall, worauf der erschrockene Offizier beschloss, das Problem seinem Vorgesetzten zu melden.

Sein Vorgesetzter kam eine Stunde später, und nachdem er eine Weile mit dem Drusen getuschelt hatte, ging er zu Vater, um sich selbst von dem unglaublichen Tatbestand zu überzeugen, entschied, dass eine höhere Rangebene in Kenntnis gesetzt werden müsse, und alarmierte den nächsthöheren Vorgesetzten. Dieser kam in einem etwas größeren Auto, wusste aber auch nicht, was er machen sollte, und rief den Divisionskommandeur an, der kurz darauf eintraf und einen Offizier der Pioniertruppe mitbrachte, um sich mit ihm darüber zu beraten, wie man die Wurzel des Problems aus der Erde reißen könne, die bald der Palästinensischen Autonomiebehörde übergeben werden sollte.

Bis zum Abend rückten nach und nach mehrere Lastwagen mit Scheinwerferausrüstung, Fernsehteams und Hunderte von Neugierigen an, und der Befehlshaber des Regionalkommandos berief eine Versammlung der Olivenzüchter ein, die den Fall prüften und keine Erklärung, geschweige denn eine Lösung fanden, zumal sich herausstellte, dass sich die Wurzeln von Vaters Olivenbaum inzwischen noch tiefer in die Erde gegraben hatten, sodass jeder Versuch, sie mit einem Bulldozer auszureißen, Vater den Kopf gesprengt hätte, ganz abgesehen von der Erklärung des Rabbinerforums für die Wiederherstellung der Grenzen des davidischen Königreichs, dass hier vor aller Augen ein Wunder geschehen sei – ein Jude habe sich mit dem Land Israel verbunden »wie ein Baum, gepflanzt an Wasserbächen«, und das sei eine direkte Botschaft vom Heiligen, gelobt sei Er, der befürchtet, wir würden das Land der Väter in fremde Hände geben, und uns daher durch Vater und seinen Olivenbaum an den Bibelvers erinnert, der da lautet: »Und es wird geschehen zu der Zeit, dass die Wurzel Isai, die da steht zum Panier den Völkern, nach der werden die Heiden fragen, und seine Ruhe wird Ehre sein.«

Am nächsten Tag kamen die Grünen, die forderten, den Ort zum Naturschutzgebiet zu erklären, und nach ihnen kam ein päpstlicher Gesandter, der in Erfahrung bringen wollte, ob unsere Familie christlicher Herkunft sei, um im Falle einer positiven Antwort die Heiligsprechung unseres Vaters zu empfehlen, und dieser Besuch veranlasste den Verteidigungsminister, ebenfalls zu erscheinen, um die politischen Auswirkungen der Implantation zu prüfen, was wiederum den Chef der Palästinensischen Sicherheitsdienste auf den Plan rief, der sich davon überzeugen wollte, ob es sich nicht um einen Medientrick handelte, der die Rückgabe des Territoriums an die Palästinensische Autonomiebehörde verhindern sollte. Dann kamen ein Sonderbotschafter des UNO-Generalsekretärs und Al Gore (der sich für die innovative ökologische Verflechtung interessierte, die möglicherweise als Ansatz für die Optimierung des symbiotischen Gleichgewichts dienen könnte), Wissenschaftler, Vertreter messianischer Sekten, Touristen und viele andere. Nach einer Woche zäunte die israelische Natur- und Parkbehörde das Gebiet ein, um privaten Nutzungsinitiativen zuvorzukommen, stellte ein Tor und ein Kassenhäuschen auf und fing an, Eintritt für den Besuch der Anlage zu erheben.

Man beschloss, das Gebiet bis zum Zustandekommen einer dauerhaften Friedenslösung in israelischer Hand zu belassen. Es gab auch alle möglichen anderen Vorschläge, zum Beispiel gemeinsame Souveränität oder sogar Internationalisierung. Selbstverständlich lehnte die Rechte, angeführt von Großmutter, diese Vorschläge ab und erklärte, dass jeder Ort, an dem ein Jude eingepflanzt ist, für immer und ewig in jüdischer Hand bleiben muss.

12. Was immer du tust, tu's mit Bedacht und bedenke das Ende

Meine Mutter, die Literaturlehrerin ist, behauptet immer, dass eine Geschichte im Gegensatz zum wirklichen Leben mindestens vier Elemente enthalten muss: einen Anfang, eine Mitte, ein Ende und wenigstens eine Pointe. Ich weiß nicht, ob das, was ich bisher aus dem wirklichen Leben erzählt habe, als Geschichte durchgehen kann, weil es weder ein Ende noch eine Pointe hat. Ich höre ungefähr in der Mitte mit dem Erzählen auf, und ich sage absichtlich »ungefähr«, weil man nie weiß, ob man wirklich in der Mitte der Geschichte angelangt ist oder nicht. Stellt euch einen Fünfundzwanzigjährigen vor, der auf der Straße vergnügt vor sich hin pfeift und denkt, wie cool es ist, fünfundzwanzig zu sein und noch mindestens fünfundzwanzig Jahre vor sich zu haben, bis er ein reifer Mann ist, und danach noch fünfundzwanzig Jahre eines glücklichen Alters, und plötzlich fällt aus einer Loggia im dritten Stock ein Blumenkasten herunter, den seine Besitzerin nicht richtig festgeschraubt hat, und dem Mann geschieht kein Wunder, und bevor er den Gedanken über die Mitte des Lebens, die noch vor ihm liegt, zu Ende gedacht hat, kracht es und er ist am Ende des Lebens angelangt. Andererseits kann man aus dem Schicksal dieses Mannes lernen, dass auch das Abbrechen einer Geschichte eine Art Ende sein kann, ähnlich wie sein

Leben, das mittendrin abgebrochen wurde und damit zu Ende ging.

Was jetzt mit meinem Vater geschieht, erinnert mich an das, was mit Ariel Scharon geschah, nachdem er ins Koma gefallen war. Anfangs, als er ins Krankenhaus kam, war von nichts anderem die Rede, und jede Stunde trat ein Arzt auf und berichtete, dass sein Zustand etwas schlechter sei als vorher und etwas besser, als er hätte sein können, und dass die Ärzte hofften, dass sein Zustand etwas besser werden würde als der Zustand, in dem er sich befunden hatte, bevor der Zustand etwas schlechter wurde, als er hätte sein können, wenn sie nicht dies oder jenes mit ihm gemacht hätten. Der nächste Arzt sagte, der vorige Arzt habe die Lage nicht genau geschildert, und erklärte, der Zustand sei etwas besser, als er hätte sein können, wenn sie ihm nicht das verabreicht hätten, was sie ihm verabreicht hatten. So ging es etwa einen Monat lang, bis die Ärzte bekannt gaben, sein Zustand sei ernst, aber stabil. Von dem Augenblick an, als die Diagnose sich auf »ernst, aber stabil« eingependelt hatte, interessierte sich kein Mensch mehr für ihn, denn wie lange kann man sich für jemanden interessieren, dem nichts mehr geschieht? Erst wenn er stirbt, werden sich alle wieder für ihn interessieren, obwohl mir der Grund nicht ganz klar ist, denn soviel ich verstanden habe, ist der Unterschied zwischen seinem jetzigen Zustand und dem Zustand, in dem er sich nach seinem Tod befinden wird, so gering, dass er kaum wahrnehmbar ist.

Etwas Ähnliches geschieht jetzt mit meinem Vater, wenn auch nicht in medizinischer Hinsicht, da mein

Vater quicklebendig ist und blüht und gedeiht, sondern eher in Bezug auf das Interesse an seiner Lage. Nachdem sich alle an seine seltsame Lage gewöhnt haben, ist er keine Attraktion mehr. Offenbar gewöhnt man sich an alles, sogar an einen Vater, der ein Nationaldenkmal ist. Ich könnte mir vorstellen, dass in dem Moment, in dem etwas Neues passiert – wenn zum Beispiel der Staat Anspruch auf die Oliven erhebt, die wir von ihm ernten –, das Interesse an ihm wieder aufleben würde, aber wer weiß, wann das geschieht, und wie soll man eine Geschichte fortsetzen, die sich stabilisiert hat, auch wenn die Lage des Helden weiterhin ernst bleibt? Daher will ich hier schließen. Und wenn doch etwas Außergewöhnliches passieren sollte, wird das Fernsehen darüber berichten.

Glossar

A-, B- und C-Zonen: Einteilung der palästinensischen Gebiete im Westjordanland. Die A-Zonen stehen vollständig und die B-Zonen teilweise unter der Kontrolle der Palästinensischen Autonomiebehörde, während die C-Zonen ausschließlich von Israel kontrolliert werden.

Altalena-Affäre: Die Irgun, eine zionistische Untergrundorganisation in Palästina, versuchte 1948, mit dem Schiff *Altalena* Truppen und Waffen nach Israel zu transportieren. Die *Altalena* wurde infolge der Weigerung der Irgun, das Schiff und die Ladung der provisorischen israelischen Regierung zu übergeben, auf Befehl Ben-Gurions, der in der Irgun eine Bedrohung des neu gegründeten Staates Israel sah, angegriffen und ging in Flammen auf, wobei sechzehn Irgun-Kämpfer und drei Soldaten der israelischen Armee ums Leben kamen.

Birzeit: Universität Birzeit bei Ramallah in den palästinensischen Autonomiegebieten

Dunam: Feldmaß (1000 m²)

Golani-Brigade: Infanteriebrigade der israelischen Streitkräfte

Gretschnewaja Kascha: Osteuropäische Buchweizengrütze

Histadrut: Allgemeine Gewerkschaft der Arbeiter des Landes Israel (Dachorganisation der israelischen Gewerkschaften)

Kefije: Palästinensertuch

Lag baOmer: Jüdisches Fest am 33. Tag des Omer-Zählens zwischen Pessach und Schawuot, an dem die Trauerriten der 49 Tage dauernden Omer-Zeit aufgehoben und Feierlichkeiten erlaubt sind. Das Fest wird mit großen Lagerfeuern, Picknicks, Wallfahrten u. a. gefeiert.

Mapai: Partei der Arbeiter des Landes Israel, zionistische, gemäßigt links orientierte Partei, dominierende Kraft in der israelischen Politik bis zur Fusion mit der israelischen Arbeitspartei im Jahr 1968

Schabab (arabisch): »Jugend«, in diesem Zusammenhang militante palästinensische Jugendliche

Seitun (arabisch): Oliven
Abu Seitun: »Vater der Oliven«
Ras el Seitun: »Olivenkopf«